燕都百记

肖复兴——著

中华书局

图书在版编目(CIP)数据

燕都百记/肖复兴著. —北京:中华书局,2022.10
ISBN 978-7-101-15846-5

Ⅰ.燕… Ⅱ.肖… Ⅲ.散文集-中国-当代 Ⅳ.I267

中国版本图书馆 CIP 数据核字(2022)第 142614 号

书 名	燕都百记	
著 者	肖复兴	
责任编辑	董邦冠	
责任印制	陈丽娜	
出版发行	中华书局	
	(北京市丰台区太平桥西里 38 号 100073)	
	http://www.zhbc.com.cn	
	E-mail:zhbc@zhbc.com.cn	
印 刷	北京盛通印刷股份有限公司	
版 次	2022 年 10 月第 1 版	
	2022 年 10 月第 1 次印刷	
规 格	开本/920×1250 毫米 1/32	
	印张 9¼ 字数 190 千字	
印 数	1-12000 册	
国际书号	ISBN 978-7-101-15846-5	
定 价	56.00 元	

目　录

自 序

一

关于北京的书写，我起步很晚，最早开始于1995年。当时，浙江人民出版社约我写一本叫"北京人"的小书。尽管这本书后来翻译成韩文，在韩国出版，又在我国台湾出版了繁体字版，有一定的影响，但我自己知道，这本书写得匆忙，很是单薄，有很多值得写的东西，都没有写到。一直想有时间好好写写，只是，那一年，即1995年的夏天，我调到作协，参与办刚刚复刊的《小说选刊》，工作一时有些紧张，以后的写作兴趣，未完全集中在这里，便把这样的写作计划拖了下来。

一直到2003年年底，有一天，我到人大会堂开会，会议结束后，忽然想，这里离我小时候住的大院不远，往南，过前门楼子，再往东拐一点儿，就走到了小时候一天恨不得跑八趟的西打磨厂老街。便走回老街，一直走到老院。我已经有十多年没去那里了，老街变化不大，和我小时候几乎一模一样，但看到满街贴满拆迁的告示，很多老房子的外墙上，用白灰涂抹着大大的"拆"字，还是有些触目惊心。

心里暗想，幸亏来了，要是再晚一点儿，恐怕就看不到童年的老街老院了。

写作北京的念头，像飘飞的风筝一样，又被牵了回来。我想，得抓紧时间写了。

2004年初，在西单砖塔胡同旁，每天上午有半天的脱产学习。吃完午饭，带着笔记本和照相机，还有一杯水，开始往前门这一带跑。西单离前门不远，坐22路公交车，几站地。我父亲当年的工作单位，在西四新华书店旁的税务局，小时候，找父亲，常坐22路公交车，算是轻车熟路。

我并不是出生于北京，而是生于河南信阳。不过，刚刚出了满月，母亲就抱着我到了北京。说来有些惊心动魄，1947年春，正值战乱，火车站上的人非常多，转车的时候，母亲抱着我，没有挤上火车，只好等下一趟。这趟火车开到离北京很近的时候，突然停了下来，说是前面那趟火车开到丰台的时候，突然爆炸了。如果母亲抱着我挤上了那趟火车，可能也就没有我了。

来到北京不久，我们一家便住在西打磨厂粤东会馆里，从我落生不久到童年到青年，一直住到1975年，才搬家离开了老街老院。除了1968年到1973年去北大荒的那六年，其余时间里，我都居住在北京，应该算是一个老北京人了吧。因此，我对于北京，尤其是前门外的城南地区，非常熟悉，充满感情。重回老街老院，如见风雨故人，一切依然那么亲切。

那时候，拆迁虽然日隆，但并未大面积地展开，很多地方，老街老院老店铺老门联老门墩老影壁老树，连大门前的房檐上当年元宵节挂灯笼的铁钩子，生了斑斑铁锈，都还在。尽管"访旧半为鬼"，毕竟老街坊还健在一些。回顾前尘往事，旧景故地，仿佛并未远去。他们熟悉我，即使以前不认识的，架不住我常去那里，他们也都认识了我，甚至连拆迁办的人都知道了我。有的人见到我，老远就和我打招呼。无论是从小看着我长大的老街坊，还是素昧平生的陌生人，他们给予我很多帮助，让我知道了很多以前我不了解的事情，对这些自以为非常熟悉的一切，有了新的体认。我常会想起他们，只要想起在那些老院落里，他们和我攀谈的情景，心里就会充满感动，也会有些许的伤感，十七八年过去了，那些当年八十多岁的老人，不知道如今还在不在。

我感谢他们。他们是真正的老北京人，比有些坐在会议室或主席台上夸夸其谈却不断大拆大建的人，对老北京更具感情。

二

那几年，我常常游走于城南这些大街小巷，完全像一个"胡同串子"。有时候，会遇见不少逛胡同的北京人，他们都很年轻，成群结队，背着专业的相机，拼命地为这些即将消失的老北京景象拍照留档。他们有自己的网站，可以将这些照片传到网上，让更多关注北京的人看到。有一次，我被邀请参与到他们的队伍中，到草厂二条的一个小四合院，一边吃着他们做的炸酱面，一边听他们讲串胡同、拍胡同的见闻和体会，能感受到他们对老北京的热爱和探寻的殷殷之情。

有时候，也会碰见外国人，记得在新开路和南孝顺胡同，我碰见的那两拨外国人，前者骑着自行车，后者背着旅行包，他们不会说中国话，我们只能相视一笑。那些破旧甚至破败的胡同和院落，让他们觉得还像老北京。有一次，在前门新开通的东侧路，我碰见一些来自美国的大学生，都是学中文的，会说一些中国话。他们正在看刘老根大舞台，我和他们攀谈起来。他们对我说，以前门楼子为中心，东西两边的胡同，他们都去看了一些，觉得西边拆得少，更像他们读过的老舍写的《骆驼祥子》里的老北京，东边不像了。他们指着刘老根大舞台新建的金碧辉煌的牌坊，这样对我说。

游走在这样的老街，碰见这样的新旧朋友，我的心里五味杂陈。有一种仿佛在往昔时光中穿越的感觉，回忆和现实、幻觉和错觉，交织在一起，碰撞在一起，常让我感到无所适从。我想起梁思成先生1948年写的《北平文物必须整理与保存》。北平和平解放以后，他又多次陈情：北京城的整体形制，既是历史上可贵的孤例，又是艺术上的杰作，城内外许多建筑，是各个历史时期的至宝，它们综合起来，是一个庞大的"历史艺术陈列馆"。他特别强调，承继祖先留给我们的这一笔古今中外独一无二的遗产，需要做的是整体保护这一文物环境。

如今，我们却在迫不及待地拆迁，破坏这一整体的文物环境。我们所做的这一切，值得吗？在破旧立新的城市建设伦理指引下，将旧的胡同和院落拆掉，建立起的新楼盘和宽阔的马路，就一定更有价值吗？

就这样，我边走边看，边记边写，尽管我的笔头赶不上拆迁的速度，这十多年陆续写了《蓝调城南》（2006年）、《八大胡同捌章》（2007年）、《北京人（续）》（2013年）、《我们的老院》（2017年）、《咫尺天涯——最后的老北京》（2020年）和《天坛六十记》（2021年）几本小书。面对北京这部"大书"，写得远远不够，只能算是完成了我的一点儿心愿吧。

三

书写北京，一直有许多人前赴后继，各类书籍异常丰富。这些前辈，一直是我的榜样。陈宗蕃、张江裁、李家瑞和侯仁之四位前辈的书，一直置放在我的案头和床头。

陈宗蕃先生1930年出版的《燕都丛考》，已经被我翻烂，几经贴补，伤痕累累。这本书所书写的京城历史与地理之沿革与变迁，其丰富与翔实，不仅超出清朱一新的《京师坊巷志稿》，也为后来者所少有。可以毫不夸张地讲，如今所有书写或关注老北京的人，尤其是关注老北京城池与街巷的人，都不能不读这本书。

张江裁先生（字次溪）对北京风土民俗的关注，在那一代人当中是很突出的。张江裁一生所编纂出版的书目，让人叹服。其中有他挖掘重新出版的《帝京岁时纪胜》《一岁货声》《燕市百怪歌》等多种，为今天研究老北京留下了宝贵的资料。迄今为止，我没见过有哪一位学人肯如此下力气，单凭一己之力，孜孜不倦致力于北京民俗风土志一类书籍的钩沉、挖掘与出版。不仅如此，他还身体力行，年轻时就在北平研究院工作，参与北京庙宇的实地调查和文字纪录工作。

二十世纪八十年代末，我在天津古文化街买到李家瑞先生的《北平风俗类征》，是上海文艺出版社1985年根据商务印书馆1937年版的影印。全书分上、下两册，上册有岁时、婚丧、职业、饮食、衣饰；下册有器用、语言、习尚、宴集、游乐、市肆、祠祀及禁忌、杂缀，共十三类，构成一幅老北京的风情画长卷。此书为李家瑞先生自1931年至1935年，历时四年，翻阅上至《周礼》下至清末民初的报刊书籍共约五百种，先后抄录了四十余万字所得。这两册书，对我了解老北京的风土人情以及习俗旧礼帮助很大，百看不厌，每看有得。

侯仁之先生的《北平历史地理》，我读到的是外语教学与研究出版社2013年出的书。此书是侯仁之先生在英国利物浦大学的博士论文。从早期的边疆之城，到元明清的王朝之都；从蓟城，到金中都城、元大都城、明清都城，侯仁之先生为我们清晰地勾勒出北京这座古城政治历史与地理地位的变迁。他以人文地理与历史地理相结合的现代治学理念，写出了我国第一部关于一座城市的历史地理专著。其占有材料之丰富，实际田野考察与研究的功夫之深厚，并有自己精确的手绘图，尽管已经过去了七十余年，但未能有一部书可以超越这本著作。而且，迄今所有关于北京历史地理方面林林总总的书籍，所论述的观点，所涉及的材料，所引用的典籍，都未能出其左右，实在令人叹为观止。

这本书的引言，记述了侯仁之先生1931年读高三时第一次从山东乘火车到北京的情景和感受："那数日之间的观感，又好像忽然投身于一个传统的、有形的历史文化的洪流中，手触目视无不渲染鲜明浓厚的历史色彩，一呼一吸都感觉到这古城文化空气蕴藉的醇郁。瞻仰宫阙庙坛的庄严壮丽，周览城关市街的规制恢宏，恍然如汉唐盛时的长安又重见于今日。这一切所代表的，正是一个极其伟大的历史文化的'诉诸力'。它不但诉诸于我的感官，而且诉诸于我的心灵，我好像忽然把握到关于'过去'的一种实感，它的根基深入地中。"

这一段话，最让我感动不已。这座城市给予他感官与心灵的冲击，他说了一个词叫做"诉诸力"。北京这座城市有这样历史与文化的"诉诸力"，才会让我们把握住这样的历史与文化，让这样的历史与文化有了一种实感。七十余年过去了，北京城还会给予我们这样的"诉诸力"吗？我们还能够把握住这座古城的历史与文化的实感吗？

上述四位前辈的书，一直是我写作老北京的范本。囿于学识和阅历，我感到自己写得实在是单薄，只能驽马加鞭，争取写得好一些，有进步一些。

四

这本《燕都百记》，与以前我写的那几本关于北京的书，有些什么样的区别，是我在写作之前想的问题。我不想重复以往惯常的写作方式，而且，关于老北京的历史与文化，我写得够多了，已经无话可再说，希望这本新书能够写得稍微新鲜一些，于我自己多少有些进步。

这一次，我这样要求自己：一、要尽可能地写短；二、将历史的部分，引用典籍的部分，尽可能删汰；三、加强亲历性、现场感；四、不止于城南，蔓延至城北更多的地方。

因此，这本小书并不是对老北京历史地理的钩沉，也不是关于老北京民风民俗文化的巡礼，只是我自己对北京和北京人的所见所闻所思所忆的拾穗小札。在写作方式上，学习的是布罗茨基所强调的创作原则，即"意识中所产生的自然法则"，"也可以这么说，这是粘贴画和蒙太奇的原则"。同时，他还强调，这是"浓缩的原则，一个非常重要的原则。倘若你开始用类似浓缩的方式写作，全都一样，不管你愿意不愿意，写得都很短"。

我喜欢这种创作原则，在我的上一本书《天坛六十记》的写作中，曾经尝试运用的就是这种原则。如今，在被资讯焦虑与生活快节奏簇拥、裹挟下的很多读者，已经没有足够的耐心读鸿篇巨制。布罗茨基曾经一言以蔽之："纯文学的实质就是短诗。我们大家都知道，现代人所谓的attention span（意为一个人能够集中注意力于某事的时间）都极为短暂。"

这本小书，尽管有一百篇，但每一篇都很短，最短几百字，最长不过两三千字而已。希望读者能够喜欢，在简短的篇幅中，看到北京的新老风貌，看到你自己。我们也能在书中相逢——正欲清谈逢客至，偶思小饮报花开，正想找个人交谈，我们正好在这里碰见，谈谈我们都热爱的北京的前世今生。

2022年春节前写于北京

1　前门大街

作为前门大街的象征，前门楼子，前身为元代的丽正门，永乐年间移建于今址，正统初年间改称正阳门。它在北京中轴线上的地位，除了故宫、天安门，就要数它了。

小时候，在前门大街，觉得最热闹的地方在大栅栏东口，往里面走就是大栅栏商业老街。那里永远人流如织，路口两侧分别是大通食品店和公兴文化用品店。

1949年2月3日，解放军从永定门进入北平城。那时候，前门大街出现了从未有过的热闹。据说，第一拨赶到前门大街旁欢迎解放军的人群，是从大栅栏那些店铺里涌出来的学徒和伙计们。因为他们离前门楼子近，便也就近水楼台，早早地跑出大栅栏东口。当然，除了看看热闹，更是因为他们对新时代充满向往。新中国成立初期，政府对大栅栏的商家实行了有名的"四马分肥"的政策，即店中赢利所得，一份上交国税，一份店家留存为日后发展，一份店家自得，一份为伙计、学徒的工资。一般伙计月工资五六十元，骨干八九十元，基本和当时一般的干部相等。那时我父亲为行政二十级的小干部，月工资七十元。

大栅栏东口路西的公兴文化用品店，是我常去的地方。这是前门大街最有文化的两处之一，另一处是前门报刊社。

报刊社，在我家住的老街西打磨厂西口，紧挨着大北照相馆。很小的一个店，窄窄的一条，如同削扁的金糕条。别看店小，全国的文学杂志样样俱全，全部开架，任人随便翻看。从小学到中学，一到星期天，我就到那里看杂志，一看看半天，没人管，站在那里也没觉得累。它成了我的阅览室，河北的《蜜蜂》，辽宁的《芒种》，青海的《青海湖》，都是在那里看到的。一直到1966年，我在那里买到最后一期《儿童文学》。它关门了，我的青春期结束了。

公兴是一家老店，开业于1900年，以前专卖纸张。包书皮纸，做手工的电光纸，中秋节画玉兔的月光纸，春节写春联的大红纸，我家所有糊顶棚的毛刀纸、大粉纸，糊窗户的高粱纸，都是在那里买的。改为文化用品商店是后来的事，它扩大了经营范围，与时俱进，还卖过照相器材。改店名为"文革文化用品商店"更是后来的事。不过，只是昙花一现，店名很快又改过来了。改不改名，和我们关系不大，街坊们一直叫它"公兴"，亲切得像个昵称。

印象最深的是1968年夏天，我即将去北大荒，到那里买了两个很漂亮的日记本，苹果绿的绒布封面，凹印着"北京"两个大字。一本准备带到北大荒，自己记日记；一本想送给一位女同学，我们从小在同一条老街上长大。可是，到底也没有送成，不是我不想送，而是想临行前她到火车站送我的时候送给她。那天，等到火车开，她也没有

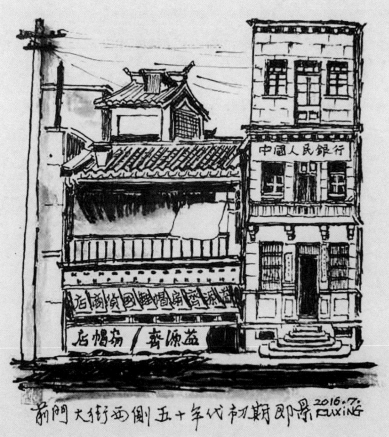

前门大街西侧五十年代初期即景

来，我很失望。过了好几年，我才知道，当时她家突然出现了变故。

　　公兴老店至今健在，只是门脸大变。门外墙上有它的老照片，对照着它的前生今世。

2　通三益

通往肉市胡同，有一条东西走向的小巷，巷口立个写着"广和剧场"的牌坊。如今，牌坊重建，簇新得让人恍如隔世。以前，巷口北是永义合乐器店，南是通三益食品店。永义合店很小，往里面凹进一截，店前轩豁。通三益紧邻大街，高高的台阶，宽阔的橱窗，很是气派。两厢对照，宛如一仆一主对峙。

小时候，我吹笛子，第一把笛子，就是花一毛七分钱在永义合买的。以后，每一次买笛膜，也是在那里。笛膜很便宜，几分钱一袋，装在精致的纸袋里。上了高中，不再吹笛子了，那纸袋还夹在我的笔记本里，舍不得丢掉。

通三益是家干果老店，嘉庆初年（1796）开业。卖得最出名的是秋梨膏，据说是宫廷秘方，入秋之后止咳专用，名震京城。就连当时京城四大名医之一施今墨，给咳嗽久治不愈的病人开的方子，都有一帖是通三益的秋梨膏。

不过，我们一群孩子对秋梨膏不感兴趣，感兴趣的是中秋节前，店里的中心位置上摆出的一个大如车轮的月饼。是那种提浆月饼，皮上刻印着嫦娥奔月的图案，四周用菊花和鸡冠花围着。据说，这个巨

大无比的月饼一直摆到中秋节过后，店家就把这块大月饼切成一小块

一小块，免费分给客人品尝。那些天，我几乎天天往那里跑，可惜，

一次也没有赶上过这样的好机会。

3　亨得利

　　前门大街街西紧邻中原照相馆，有家亨得利钟表店。那时候，手表是紧俏商品，国产表要票券，外国表要高价。我在北大荒务农，弟弟在青海油田当修井工，他有高原和野外工作的双重补助，收入比我高好多。他说，赞助你多花点儿钱买块进口的表吧。可进口手表也不那么好买，来了货后要赶去排队，去晚了，就买不到了。

　　我中学同班同学张俊戊，分配在北京人民机器厂工作，每年从北大荒回家探亲，我们都要聚聚，叙叙友情。听说我要买表，他自告奋勇说：这事交给我了！我有些不好意思，因为要去赶早排队，得请假。他对我说：你就甭跟我客气了，谁让我在北京呢！

　　他家住花市头条。为万无一失，买上这块表，天还没亮，擦着黑，他就从家里出来，骑上自行车，赶到亨得利钟表店排队，排在了最前面，帮我买了块英格牌的手表。那天，下了整整一夜的大雪。到了早晨，雪还在纷纷扬扬地下。

　　那时候，张俊戊自己还没有一块手表，这让我很过意不去。他对我说：你在北大荒，四周一片都是荒原，有块手表，看时间方便。我在北京，出门哪儿都看得到钟表，站在我家门前，就能看见北京火车站钟楼上的大钟，到点儿，它还能给我报时呢！

那是1969年底的事情。五十二年过去了，亨得利店没有了，英格老手表还在。那个冬天的纷纷扬扬的雪花，总在眼前飘。

4　家具店

　　1974年春，我从北大荒调回北京当老师。那时前门大街的店铺变化很大，越往南，变化越大。一般人逛前门，逛到大栅栏口附近，很少再往南走。南面的店铺为吸引顾客，只好变着法子花样翻新。于是，南面路西的几家老店打通，连成了一家，变身为家具店。

　　我看中一个书架，一米四高，铁制，墨绿色，二十二元。拥有一个书架，是童年的一个梦。那时候，我可怜的几本书，委屈地放在只有区区两层的鞋架上。读初一，一次到同学家，他父亲是《北京日报》的总编周游先生，第一次见到那么多书架，顶天立地站在那里，很是羡慕。等到第一个月发下工资，迫不及待地跑到家具店，买下那个书架。那时候，我的工资四十二元半。

　　书架买好了，却笨得无法扛回家。我借家具店的电话，求助中学同学老顾。他说，没问题，等着我吧！老顾很快就骑着自行车来了，他一只手托着书架，一只手扶着车把，游龙戏凤般飞驰在前门大街上，像是在演精彩的杂技。在众人的目光里，硬是把书架驮回了家。那一天黄昏，他骑自行车的潇洒样子，是前门大街从来没有过的风景。

5　前门楼子

　　一直觉得前门这一片，最美的地方在前门楼子，最美的时候在黄昏。

　　读高中的时候，几乎每个周日的黄昏，我和一位女同学从我家的小屋出来，在炊烟袅袅和炝锅的葱花香味中，在街坊们好奇的眼光里，穿过深深的大院，走进老街深巷，一直往西，走到前门大街，走过御河桥，来到前门楼子的前面。那时候，觉得前门楼子那么高大，我们是那么渺小，好像前门楼子一直在看着我们向它走过来，让我们有点儿害羞。

　　往东一拐，我们来到22路公交车总站的站台前。它的一边是北京老火车站，另一边便是前门楼子。此刻，它已经倾斜着身子在看着我们了。那个场景，很长时间里，我都觉得特别像电影《青春之歌》里林道静从北戴河回到北京的镜头。她走出火车站，抬头望前门楼子时，镜头里出现的前门楼子特写，就是这样子的。

　　前门楼子分前后两座，以前还有一圈瓮城。靠近我们的是箭楼。黄昏时分，夕阳的光芒正从西边的天空中泼洒过来，洒在箭楼上，金光流泻。雨燕归巢，一群群墨点一样在金光中飞舞，点染成一幅点彩

我小时候的前门楼子

画。那应该不仅是前门楼子，也是北京城最漂亮的黄昏了。

那时候，我的这个女同学为了能够住校，考上了北航附中。几乎每个星期天的下午，她都来我家找我复习功课，黄昏时分，我送她到这里乘坐22路公交车回学校。看着她跳上汽车，隔着车窗玻璃，向我挥挥手，这个黄昏才算落幕。每个星期天都是如此，从高一一直到高三毕业。高三那年春天，一个周日的黄昏，她上车之前，忽然向我伸出一只手。我一时没有反应过来，她的手还在伸着，冲我微微笑着，我才将手也伸了出去。我们握了握手。那是我们第一次握手。

前门楼子前的黄昏，涂抹着我们十五岁到十八岁青春灿烂的背景。

6　正阳楼

　　2004年前后，为写《蓝调城南》一书，我常去前门一带转悠。有一天，我在大北照相馆门前等老街坊一起回西打磨厂老街，看见马路牙子旁停着一辆带棚子的三轮车，专门拉外地客人胡同游。拉车的是个中年男人，腿有些残疾，冲我说：你不是要看胡同吗？我拉你看看肉市里的正阳楼，我就是正阳楼里出生的。

　　我有些奇怪，正阳楼是道光年间开的一家老饭庄，号称京城八大楼之一，他怎么会是在那里出生的呢？是真的，还是只是为了拉客人？老街坊还没到，我走了过去，和他搭讪起来。

　　他很高兴，对我敞开了话匣子。他告诉我：我是1953年出生的。正阳楼解放前就关张了，解放以后都住上人家了。我们家就是刚解放的时候从铺陈市搬过来的。现在，正阳楼的后面已经拆了，盖成停车场了，正阳楼还剩下前脸的三个窗户，我带你看看去！

　　转了一圈，又回到了正阳楼。他还是顽固地要拉我上车，带我逛逛去。一丝警惕性，又袭上心头。

　　他像是看穿了我的心思，见我按着牛头不喝水，就是不上车，自己一瘸一拐地上了车。他有点儿生气，一屁股坐了上去，眨巴着眼睛，对我说：我见过你，总到打磨厂来，还拿着照相机拍照，对不对？

他一下子笑起来，笑得那么开心，有些天真般的诡谲，好像掌心里早握着他想要的一张牌，摊开来一看，只有让我吃惊的份儿。他是真心地想帮助我，告诉我他所知道的关于老北京的一切。而我刚才一直对他怀疑，真有些惭愧。

老街坊们来了，我向他一再道谢后向打磨厂走去，他冲我喊道：我妈就住在打磨厂X号，她今年七十三，知道得比我多，你可以找她，她姓张。要是想看正阳楼，就到这儿找我！

7　新华书店

前两天，看到一位素不相识的朋友的短信，说"人活着一定要个心爱的去处，与人间烟火交融一起"。说得真好。几次搬家，离前门大街越来越远，但还是常去那里走走，那里便是我心爱的去处。

路东有一家新华书店。我小时候，一直到二十世纪七十年代，那里专门卖旧书。我从北大荒回到北京，一位朋友在那看到人民文学出版社1957年版的一套十卷本《鲁迅全集》，花了二十元买下送我。

1995年年初再去，书店只卖新书了。我在那里买到一本《话说前门》，心想，在前门买到一本说前门的书，也是缘分呢。书的作者王永斌，以前没有听说过，但书写得非常翔实，我还从来没有见过对前门一带的历史与地理做如此详尽田野调查式书写的作品。书中前言介绍，王永斌毕业于北京师范学院历史系，一直在前门中学教历史，直到退休。他对这一带很熟悉，放学之后，常常骑着自行车在前门附近转悠，遍访老店铺和老街坊。这样的书，不是仅靠材料和想象便倚马可待，我不由得对他产生了敬佩之情。

2004年秋天，中央电视台找我，要拍摄西打磨厂老街，我向导演推荐王永斌先生。我对导演说，拍西打磨厂，乃至拍整个前门，你们应该找王永斌先生。导演告诉我，我们已经找了王永斌先生，王先生推荐了您，让我们找您！导演说，这个星期天他们要去找王永斌先生，问我要不要跟他们一起去拜访。

在东城一个大杂院里，我见到了王永斌。那时候，他已经年过七旬。我先迫不及待地对他讲起十年前买他的《话说前门》的情景，和他相约一起到前门大街逛逛。一下子，前门，那么清晰地辉映在他的眸子里。

8 九龙斋

2008年年初，重张旧帜的九龙斋派人找我，让我带他们到前门指认老店旧址。那时，前门大街正在忙碌整修的最后阶段，路口被封，我们进不去，好说歹说，方才放行。

我指着油饰一新的五排楼南的一座弧形小楼，告诉九龙斋人，这便是九龙斋旧址。他对着它噼里啪啦照相。我告诉他，九龙斋最早在前门的瓮城里，民国时瓮城拆除后，搬到了这里。

酸梅汤，老北京以信远斋和九龙斋最出名。读金云臻先生《饾饤琐忆》，知道这两家的酸梅汤各有讲究。九龙斋的，色淡味清，颜色淡黄，清醇淡远；信远斋的，色深味浓，浓如琥珀，香味醇厚。只不过，九龙斋远不如信远斋年头长。新中国成立以后，九龙斋不再卖酸梅汤，改叫九龙斋鲜果店。弧形的小楼，倒是我小时候的样子，不过，肯定不是九龙斋从瓮城迁到这里来最初的样子了。

前门大街整修之后重新开街，它的对面，是新建的星巴克咖啡馆。夏天，门前摆满咖啡座。心想，要是九龙斋还卖酸梅汤，一中一西，可以唱对台戏呢，该是一道有趣的景观吧。

9 五排楼

2018年的深秋，北青报组织了一次活动，让我带着一帮年轻人逛前门。我们约好在五排楼前聚合。人来了二十几个，有人拿着手机架起支架录视频，准备直播，这是年轻人爱耍的把式，我听他们的调遣。活动本身也是一种乐嘛，而且，可以让更多的人知道前门，了解前门。

我走到街中间。前面是五排楼，不是我小时候见过的样子，簇新得像个待嫁的新娘。身后是前门楼子，脚下站的位置，应该是以前的玉带桥。小时候，桥还在，桥下的护城河也还在。汉白玉的桥旁摆满小摊，卖些零食。秋天的时候，卖得最多的是糖葫芦和糖炒栗子，重阳节前，卖插着小旗儿的花糕。绿皮的有轨电车，没有今天的车身涂抹得那么鲜艳，叮叮当当地响着，五分钱一张车票，可以直穿前门大街，一直坐到永定门。

想想，我和前门的缘分有七十余年。前门大街的风云变化的历史，足可以像当年埃米尔·路德维希为尼罗河写传一样，写成一部大书。路德维希把尼罗河看成一个活生生的人，把它的地理融化在历史的变迁之中，把它写成了一个有血有肉有情感的人。我们也可以把前门大街写成这样一个有血有肉有情感的人，让它走向中国的心脏。

架着手机的镜头对准我和主持人，一个英俊的小伙子刚刚开口介绍完我，几个穿着藏蓝色制服的保安就走过来，拦住我们说，这里不允许拍摄。我们只好退回到街边，参加活动的年轻人中有人手里拿着我的新书，扬着书冲保安说：我们是搞活动，走前门，也是宣传老北京文化呢！还指着书，不住地喊着我的名字。

我心想，谁知道我呢，这能管什么用。几个保安不说话，走了。不一会，从五排楼下面笑眯眯地走过来一个保安，看样子是他们的头儿。看他那和善的样子，以为可以让我们拍视频了。谁知他说：有规定，这里游人多，都在这里拍视频，就没法管理了。说完，他手里居然也扬起一本书，让我给他签名，留个纪念。我知道你，读过你的文章。他对我说，依旧笑眯眯的。大家一听也都笑了起来。活动有了个意外的小插曲，前门大街多了点儿笑声。

10　关帝庙

　　老北京城里庙很多，且多建在胡同里。1928年，有数据显示，北平城里有庙共1631座，那时候的北平城在如今的二环路内，庙如此之多，密度可称世界之最。《京师坊巷志稿》中，记载西打磨厂一条街上有玉皇庙、关帝庙、铁柱宫和专门祭祀鄱阳湖神的萧公堂（鄱阳湖神被称为萧公）四座庙。关帝庙是其中最大的一座，新中国成立伊始，把关帝庙改建成学校，取名叫前门第二中心小学。我就在这里上的小学，一直读到六年级小学毕业。

　　庙确实不小，有前殿、后殿和配殿，我上学的时候，它们都在。庙的格局没什么变化，所谓改建，其实就是配殿成了老师的一大间办公室；前面的一片空场上安上两个篮球架，立了一个领操台，变身为操场；和尚吃饭睡觉的斋堂、僧房，还有念经打坐的后殿，隔成一间间，成了我们的教室。

　　前殿最大，灰砖灰瓦和带铃铛的飞檐，都还显示着旧庙的风华，它成了学校的礼堂。四年级的新年联欢会，老师带我们演出话剧《枪》，就是在那里演的。我们的班主任翻穿着件羊皮袄，用棉花粘成白胡子白眉毛，扮成新年老人，给我们每人发了礼物。我扮演的八路军拔出手枪要击毙日本鬼子的时候，后台的同学一连摔了好几个砸炮都不响。我傻傻地把枪干举着。日本鬼子听不见枪响，也没法应声倒地，惹得全场大笑不止。

1973年秋天，父亲突然病故，家中只剩母亲一人，我从北大荒回到北京，待业在家，好心的母校校长邀请我到那里代课。这是我小学毕业十多年后第一次回母校。校园的格局没有任何变化。老师的办公室还都挤在配殿里，教室也都在斋堂和僧房里。操场还是那两个篮球架，教体育课的还是赵老师，居然还认出我来。就是他教会我打篮球，让我喜欢上了篮球。那时候，写作文写到打篮球，我会这样写：我们玩到很晚也不回家，刮风下雨也不回家。我引用了一句唐诗"斜风细雨不须归"，得到老师的表扬。当时的话，至今还记得。

如今，母校已经见不到庙的一点影子了，早在旧地建起了一座大楼。西打磨厂拆迁时，整幢大楼成为了拆迁办公室。前些日子，我路过那里时，大门紧锁，不知以后做什么用了。想起我上小学时的情景，恍若梦中。篮球落地的砰砰声，还在耳边回响。

北平和平解放初期，百废待兴，很多寺庙改建成学校。我的小学校，只是其中之一。

11　三山斋

　　紧把西打磨厂西口，路北，曾经有家老眼镜店，叫三山斋，在北京城非常有名。所谓三山，指的是三户人家合伙开的买卖，意思是要像三座山一般雄峙京城。气魄不小呢。

　　三山斋在同治三年（1864）开业，民国时期是它的鼎盛时期，那时流行戴眼镜，电影里，末代皇帝溥仪不就总戴着一副金丝边的眼镜吗？许多上层人士，甚至当时的军阀吴佩孚、段祺瑞等人，都附庸风雅，到它那里买眼镜。名人效应一带动，很多人也以到三山斋买眼镜为时髦，这大概就像现在人们到华为专卖店里买手机一样吧。据说有一阵子，每天店还没开门，顾客就已经等候在门前了，生意红火得不得了。

　　我看到的一幅摄于1949年的老照片，西打磨厂西口，十米多宽的铁制牌坊上，横跨着的就是三山斋的招牌，一个横幅，拦腰写着"三山斋晶石眼镜店"。所谓晶石眼镜，就是现在我们说的水晶眼镜，水晶都是专门定点从外地采购而来的，都来自名门。据说那时三山斋的无色透明的水晶石来自苏州，墨色水晶石来自乌兰巴托，茶色水晶石来自崂山，质量绝对有保证。

1947年初，我父亲来到北京，在西打磨厂落户。每天上下班，必要经过西口三山斋的门前。父亲曾经从那里买过一副茶色水晶石镜片的眼镜，其实是很普通、很便宜的那种，但是，父亲很是不舍得戴，平常都放在我家放钱粮票户口本等值钱东西的小牛皮箱里，只有出门做客或到公园游玩的时候，才会拿出来。拿出来后，对着眼镜呵口气，用毛巾擦擦后戴上。父亲告诉我们，这可是三山斋的，值钱得很。

这副茶色水晶石眼镜，一直存放到了"文化大革命"。有一天，指着藏在小牛皮箱子里的那副眼镜，我对父亲说：你看电影里，戴这种眼镜的都是什么人呀！你也不戴，都什么时候了，还藏在箱子里！

后来，再看小箱子，眼镜没有了。大概父亲也怕人说戴那种墨镜的是坏人，偷偷地给扔了。

三山斋早就没有了。很长一段时间里，那里是一家小吃店。

12 复兴成

西打磨厂287号，以前是一家卖响器的小店，名字叫"永义和"，新中国成立以后，公私合营，改成了纸店，叫"复兴成"。因为店名里有我的名字"复兴"，所以对它印象很深。

很长一段时间，起码是从我上中学的二十世纪六十年代，一直到"文化大革命"之后的七十年代末，它是专门卖处理纸本的小店。我们大院几乎所有的孩子，买作业本练习本，都是到那里买的，每一本可以便宜不少钱。

"文化大革命"后期，我成了逍遥派，从复兴成买了好多处理的日记本，硬壳精装，里面的插页印的都是样板戏的剧照。学校图书馆的老师偷偷借我好多书，我从楚辞汉赋唐诗宋词一直到元曲，不管懂不懂，乱抄一气，前前后后抄了不下十来本日记本，也前前后后到复兴成买了十来本日记本。

重来西打磨厂，是2003年前后。那时候，复兴成还顽强地站立在那里，照样还是在卖处理的纸本，多少年来一贯制，不管世事的沧桑变化，依然故我，好像是有意为我留存一份逝去时光的纪念，让现实和记忆做着对照。仿佛我们还没有长大，还要跑到它那里去追回往事，进入时光的隧道。

　　只是"复兴成"的招牌早就没有了，它也显得越来越破败，店里面黑黢黢的，大白天也得亮着灯。一直到拆迁，它都是这个样子。记得上次来的时候，它的大门右上方还有一块蓝色的老门牌，这种老门牌，在这条老街上不多见，成了见证这条老街历史的文物了。没过多久，再去看时，老门牌已经不见了，不知被什么人起走，作为自己的收藏了。当时心里特别后悔：自己怎么没早点儿下手，把这老门牌起走呢。

13 大德通

西打磨厂213号，原来是山西祁县乔家开的大德通银号。这是座高台阶的小院，在路北，拱形券式大门，门脸不大，墙头爬满铁丝网，显得格外森然。小时候，它的门口总有军人站岗，据说里面住着一位将军。解放军进入北平城不久，他就住在这里。那时候，不知道它以前是银号，我们都管它叫做将军院。

在后河沿，原来有它的后门，从那里望它，和从打磨厂看它，完全是两种不同的感觉。也许因为后河沿的地势低，显得它的后山墙颇为高大。这是一座很巍峨的二层楼，三层硬山脊，悬山顶，青砖灰瓦，红柱红窗，翘翘的房檐。逆光中的剪影，有几分不言自威的气势，和想象中的将军形象格外吻合。

老街坊曾经告诉我里面的样子，这是一座非常齐整的四合院，和老北京四合院不一样的是，它的北面正房是座二层木制小楼，前出廊，后出厦，有高高的台阶。这是典型的山西银号的格局。大德通一直开到北平和平解放前夕，后来转卖他人。将军住进的时候，是从别人手中买下的。

这些年，我来西打磨厂多次，它的样子没有什么变化，和我小时候见到的一样。只是有一次来，看见它门西边倒座房的外墙朝南开窗，变成了对外营业的餐馆，不过，很快又改回旧貌。

西打磨厂未改造之前，我第一次走进这座小时候倍感神秘的将军院。它已改成了部队的招待所。招待所负责人黄先生的讲述，证实了我童年的印象。这里确实一直住着一位将军，他年老的时候，部队分配给他新房子，他也不愿意离开这里，一直住到他故去。东西厢房和倒座房都保留得完整，院子非常宽敞，院中央原来有一架葡萄架，西边还有一个宽敞高大的天井。黄先生告诉我，东边的楼下据说还有一个地窖，不知具体的位置，但是前些日子二层楼重新装修的时候，发现墙都是双层的，这是银号为了藏钱用的。

黄先生热情地引我到前厅，让我踩着椅子爬上柜台，看看房梁下的檐檩枋板上有什么东西。好家伙，是前后两层的龙纹浮雕。如此藏龙卧虎，蛰伏在这里，一副"明经思待诏，学剑觅封侯"的幽幽心思，不知是属于当年大德通乔家主人的，还是属于那位后住进来的将军的。

前门外瑞增祥号绸布庄前往里是西打磨厂

14　西打磨厂178号

　　福寿堂是京城一家很有名的冷饭庄。冷饭庄，平日不卖座，只应承大型官宴和红白喜事。凡是冷饭庄，必有舞台，可以唱戏，舞台都在很大很气派的四合院里，而且得是三进院带抄手走廊的。福寿堂有名，还因为它是中国第一次放映电影的地方。光绪二十八年（1902），一个叫做雷玛斯的西班牙人带着机器和胶片，就是在福寿堂的戏台上放映电影的，让中国人第一次见到这洋玩意儿。

　　福寿堂，就在我小时候住过的西打磨厂那条街上。可我寻访多次，一直不知道它的确切位置，心有不甘，又一次次寻访。2004年的秋天，我再一次来到西打磨厂，正向街坊打听，一位精神矍铄的老爷子走到我身后，看了看我手里的笔记本，问我：您找哪儿？我告诉他：找福寿堂。他说：我带你去。说着一把拉着我的手往西走，走了一百米左右，指着路北的一座院子说：这就是福寿堂。面前是水泥包裹着的两扇斑驳红木门，沧桑无语。老爷子指着门告诉我，二十世纪四十年代，福寿堂办不下去，一度改了旅店，北平和平解放以后，这里是银行的宿舍。

　　院子里空无一人，所有人家的门都上了锁，只有杂物乱七八糟地堆放在角角落落，破败得已经看不出昔日福寿堂的一点儿影子了。我在院子里转了一圈，又转回去找这位老爷子。他正在一家小卖店里卖东西。我走进去谢了谢他。聊起来，知道老爷子姓岳，七十七岁，用自己的家开了这家小卖店，卖点儿烟酒饮料矿泉水。他告诉我，这里原来是一家铜铺，他就生在这里，长在这里。难怪他对这里知道得这样门儿清。

走出小卖店，我注意到门楣上的门牌，是西打磨厂178号，这是新门牌号。之所以记得这样清楚，是因为我家住的粤东会馆大院的老门牌号是179号。这么巧，我们的门牌号紧挨着，一新一旧，瞬间链接。

西打磨厂西半部拆迁改造的时候，我去了那里，顺便想看看老爷子。178号还在，却已经人去屋空。门前的马路开膛破肚，挖得很深，工人们正在作业，在下面重新铺设各种管道。

我冲着空屋子大喊了一声：岳老爷子！空荡荡的回声，吓了底下作业的工人一跳，他们纷纷抬起头来，奇怪地望着我。

15　西打磨厂94号

94号，是一个很深的院子，一进门很长一段，只有东面的一溜房子，门外窄窄的走道边就是院墙，房子被挤得像茯苓夹饼里薄薄的馅，显得很瘦。雪芳就住在这溜房子中的一间。一张大床，几乎占据了房子的绝大部分地方。她和她母亲两人就睡在这张大床上。

1973年秋天，父亲去世，我从北大荒回到北京，待业在家，和雪芳常常来往。她娇小玲珑，长得像她的名字一样清秀。她是66届的初中生，算起来，那时才二十出头，正值花样年华。

我和她原来并不熟悉，和她的姐姐是小学同学。那时，她和我一样，刚从云南兵团回来，她办的是病退。我知道，办病退返城的知青大多并不是真的有病，便以为病只是她办回北京的一个借口。

她家离我家很近，在一条老街上。那时候大多数同学还都在农村没有回来，只有我们两人脸儿熟，见面时便打个招呼。同是天涯沦落人，很快便熟悉了起来。她常来找我玩，有时也邀请我到她家去玩。她多才多艺，画一手很好的水彩风景画，还能跳一段漂亮的新疆舞。她常常拿她新画的画给我看，有时高兴起来，就把床上的被子褥子卷起来，往边上一靠，自己脱了鞋，小鹿一样跳到床上，给我跳新疆舞，跳得床板直颤悠。她兴致盎然的样子，简直像个孩子，我哪里能发现她会有病！

有一次，她对我讲起她在云南兵团的遭遇，我听了毛骨悚然。她曾经在团部的毛泽东思想文艺宣传队当演员，没有想到被团长相中了。她开始以为老团长喜欢自己，因为团长常常给她糖吃。一天，团长带宣传队到外面演出，趁她睡着的时候，像狗熊一样向她扑了过来，吓得她挣扎着跑出来，跑到寂寥荒凉的夜色里……

那时，我还是没有想到，就是云南这样的遭遇，让雪芳的精神受到严重的刺激，早就落下了病根。

一天，她的母亲去买肉的工夫，她在她家的床上自杀了——就在曾经为我跳过新疆舞的床上自杀了。

以后，我曾经多次到西打磨厂，路过94号的时候，会忍不住想起她。有时候，望着街上走来的二十来岁的姑娘，总恍惚地觉得，其中有一个是她。

16　恒记药店

再次去西打磨厂，站在新修好的恒记药店前面，有些疑惑，是小时候见过的老药店吗？

小时候，家里买药，大多去那里。有个头疼脑热，父母就会对我们说："到恒记去吧！"仿佛它就是我们的一位老街坊，抬脚就到，药到病除，专门在那里候着我们呢。它高高的柜台，贴着整面墙一小盒、一小盒的药抽屉，擦得锃亮的小铜秤，浓浓的草药味道，都留给我很深的印象。印象最深的，就是门前高高的台阶，让它显得高高在上，多了几份庄重和威严——坐堂的老郎中，就应该是这样子的。

一位中年妇女走了过来，我向她询问这里是不是恒记。她年龄比我小很多，却说得极肯定，这里就是恒记，小时候，她常到这里买药。

我指着油饰一新的恒记药店对她说：我都认不出来了，原来它门前有高高的台阶呢。

她也指着恒记药店对我说：你看，那房子最上面的雕花还都保留着，都是以前的，这样的老物件可不多见了！

是啊，应该就是恒记药店。在东西打磨厂两条街上，这样的药店原来有许多家，清末民初，东西打磨厂曾经是中药材的集散地。但是，坚持到新中国成立以后还在开张的，硕果仅存，只剩下恒记一家。

以前，恒记还收购药材和药材原料。比如专门收购头发茬子，那时候，觉得特别奇怪，头发茬子居然还有用，可以卖钱。有人告诉我，这是用来做眼药膏用的。有一阵子，我们大院里不少人开始收集头发茬子，特别是老太太，每一次家里人剪下的头发，都会仔细收起来，多了，拿到恒记去卖。

恒记还收购土鳖、指甲和槐花，都是中药材。二十世纪六十年代的困难时期，我们大院里，不少大人扛着长竹竿，沿街打槐花，整麻袋整麻袋地卖到恒记，换一点儿钱，买点儿高价粮，填饱饿瘪的肚皮。我和弟弟，则在黑夜里出动，打着手电筒，沿着老墙的墙缝寻找土鳖。我记得非常清楚，一个土鳖，在恒记可以卖两分钱。

家里富裕的大孩子，有时候嘲笑我们：整天就知道逮土鳖，你们俩快成土鳖了。我和弟弟就扑上去和他打架。滚在地上，粘了一身泥，回家前，跑到院子的自来水龙头前，洗手洗脸，洗干净了才敢回家。进门前，我总是悄悄地嘱咐弟弟：别跟爸妈说跟人打架了！

17　信大小人书铺

　　信大小人书铺的门上有横匾，"信大"两个大字很醒目。掌柜的是个瘦高个儿的老头，前面是店，摆满小人书，租借给大家看，后边有个小院，放着好多小板凳，人来多了，前面屋子里坐不下，他招呼人可以坐在那里看书。租一本小人书，拿回家看两分钱，在那里看一分钱。还有克朗棋，打一盘多少钱，我不知道，我从来没打过。我只爱看小人书，我最初的文学启蒙，应该是在那里完成的。

　　我在那里看小人书，一直看到初二。那一年，姐姐给家里寄来三十元，父亲把钱从邮局里取回来，放在家里的小牛皮箱里，我从箱里偷出一张五元的票子，跑到大栅栏的新华书店买回《李白诗选》《杜甫诗选》《陆游诗选》《宋词选》四本书，把书放回家，揣着剩下的零钱，一头扎进这里看小人书，昏天黑地地看，天黑了都没注意。一直看到父亲怒气冲冲地走进小人书铺，才发现大事不好，灰溜溜跟着父亲回家，屁股上结结实实地挨了父亲一顿鞋底子。从此，我再没有去那里看小人书了。

　　"文化大革命"中，父亲和小人书铺掌柜的一起挨批斗，在一个小组劳动改造，一起挖防空洞，还在小人书铺里（那里地方宽绰，小人书都给抄走了，屋子里显得空空荡荡），领着街坊们读报读毛主席语录。由于我父亲和书铺掌柜有文化，读报读语录的活儿，就交给他们两人了。他们两人接力一样，一人读一段，一直读到下班，比挖防空洞轻松。只是，所有的人都坐在当年我们小孩子坐的小板凳上，显得有些好笑。

前不久，一个陌生的女人打通我的手机，我有些奇怪。她开门见山地问我：还记得西打磨厂的信大小人书铺吗？我说：记得呀！前几年我还去过那里呢，都拆了，没影儿了。她告诉我，她是信大小人书铺掌柜的女儿，从别人那里打听到我的手机号码，想见面聊聊，共同怀怀旧。

我问她：以前，咱们见过吗？小时候，我常去你家看小人书。

她说：咱俩没见过，你父亲，我见过，那时候，他总来我家给人读报纸。

忽然想到，虽然时代变迁，看小人书，读报纸，都是和读书读报相关联。如果信大没拆，成为老街上的一家阅览室，该多好。再陈列一些当年的小人书和报纸，历史和现在，一下子勾连起来了呢。

18　刻刀张

刻刀张，在北京城很有名气，在西打磨厂，知道的人却不多。也是，它只是一家不起眼的小店，一直顽强挺立在西打磨厂96号。记得它在南深沟西边一点儿，路北，门脸儿很小，上有"顺兴刻刀张"的匾额。它旁边几步，就是信大小人书铺。那时候，我们小孩子对小人书铺比对它更感兴趣。

知道它，是后来的事情，听到了它的传奇：齐白石的一个女徒弟买了他家生产的刻刀，送给齐白石。齐白石擅于治印，不知多少把刻刀经过他的手，如风过花，自是行家里手。比较之后，觉得不错，以后专门用他家的刻刀。据说，二十世纪三十年代，齐白石让他的这个女徒弟陪着他，专程来到我们西打磨厂的刻刀张小店拜访，不仅慷慨送给店家他画的三幅国画，还为店家写了"顺兴刻刀张"的匾额和一副对联："我有锤钳成利器，君由雕刻出神工。"

刻刀张的创始人叫张正新，他是齐白石来刻刀张时店主的爷爷。道光二十七年（1847），张正新从老家河北冀县来到北京，在一家打铁铺里当学徒，出徒之后，自己开店做镊子，做修脚刀，店址选在我们西打磨厂。后来改弦更张，做刻刀。以前，刻刀只有日本货，他家的刻刀比日本的好使，还便宜。后来生意渐渐好了起来，不只是齐白石，还有好多画家都到他这里买刻刀。小店里，往来无白丁，谈笑皆鸿儒。在整条西打磨厂老街上，这里的文化气息最浓。

刻刀张在西打磨厂一直坚持到1956年公私合营，1958年，迁到了顺义。那一年，我十一岁，读小学五年级，并不懂得世事沧桑的变化，不会意识到刻刀张已经无可奈何地走到了它的尾声。和树挪死的道理相似，老字号忌讳随意迁址。二十世纪八十年代，刻刀张的门徒心有不甘，在前门一带将"刻刀张"的牌子再次竖起，也只是昙花一现，乏善可陈，无力重挽旧日山河。一直住在南深沟的刻刀张的家人，都搬到了通县。刻刀张在西打磨厂这条老街上彻底销声匿迹。

十多年前，到西打磨厂去，还能找到老门牌96号，也就是新门牌145号的刻刀张旧址。虽然已经变成破烂不堪的小杂院，依然可以让人迎风遥想当年。那些曾经风靡京城的一把把刻刀，竟然就出自这样狭窄简陋的小院。齐白石、郑野夫、李桦、古元、朱友麟……那些名噪一时的大画家，竟然都曾经出入过这样拥挤不堪的小院，简直让人觉得不像是真的，怎么会有这么多名家跑到这样一个不起眼的小店里来呢？

前些日子，我又去了一趟西打磨厂，南深沟以西一段被打造一新，好看了许多。包括刻刀张的小院在内的好多院子，都已经被拆得干干净净，被一道新砌的灰墙所替代。墙外面，新种的花草色彩斑斓，吃凉不管酸地迎风摇曳。

19　南北深沟

南北深沟是两条胡同，斜对角，在西打磨厂中路交汇。南深沟通兴隆街，北深沟通后河沿。那时候，护城河还在。猜想，最早的时候，河水曾经蔓延上岸，横穿过来，干涸之后，形成深沟，后成胡同。

老街坊管这里叫深沟儿，带儿化音，省略了南北二字。这里曾经是西打磨厂的商业中心，北深沟西边有块往里面凹的弹丸之地，挤着三家小店，像是挤着小小的三瓣蒜，分别是和记杂货店、力胜永油盐店、泰丰楼肉铺。别看都只有芝麻粒大，名号起得都不小。力胜永油盐店只卖油盐酱醋，和记杂货店卖针头线脑。泰丰楼肉铺把着北深沟口，掌柜的是胶东人，说话有浓重的口音，人很和气，特别爱和我们小孩子逗着玩。每天早晨，这三家店前还会摆着一辆卖炸糕的小推车，冬天兼卖烤白薯，腾腾的热气，缭绕着旺盛的人气儿。三家小店西边，是新中国成立后开的挺大的一家国营副食店，卖肉卖鱼卖菜，冬天卖储存大白菜，店里店外，一直堆到街上，小山包似的。飘雪天，雪花的白，菜叶的绿，融合在一起，是它最壮观的时候。

南深沟西边是一家叫广玉的老饭馆，民国时期就开在那里。东边是家自行车修理铺，外带电焊的生意。它旁边还有卖芸豆饼和爆肚的几家小铺。可以说，这里是我们的一个小小的集市，离家近，来去方便，吃的喝的用的，修个自行车，到这里捎带脚的就都办了。碰上熟人，顺便还可以斗斗嘴、聊聊天。小时候，我特别爱到修自行车铺那里，电焊时喷出的蓝色火苗像烟花一样好看，散发出的气味儿格外好闻。我特别爱闻那种气味儿，用当时语文课上新学的词儿，真有种"沁人心脾"的感觉。

广玉饭馆，我只进去过一次。它有些特别，一般饭馆的厨房在后面，他家的厨房在前边，而且是明厨，临街。天热的时候，窗户四开，好像诚心要让大家看见，吸引人们进去吃饭。炉火闪烁，油烟四起，蒸汽翻腾，厨师颠勺翻炒的忙碌样子，一览无余，好像在上演煎炒烹炸的一台大戏。炒菜爆出的香味，更会像放学之后一群调皮的孩子一样闹腾腾地窜到街上，横冲直撞到过往人们的鼻子里。

读初中的时候，赶上连年自然灾害，肚子里空空荡荡，总觉得饿。有一天下午放学，肚子咕咕叫，我没有禁得住诱惑，进去买了一碗盖浇饭。大师傅很熟练地从饭锅里舀出一碗米饭，然后掀开一口锅的锅盖，舀出一勺黑红黑红的、稠乎乎的东西，极其夸张地把勺子高高举过头顶，把这股稠乎乎的浇头儿准确无误地浇在米饭上。冒着热气的浇头儿，滑下来一道弧线，真像一道彩虹，看得我发愣。

我端着热腾腾的盖浇饭，在靠窗的桌前坐下，慢慢吃着。忽然，窗前有一个影子，沉甸甸的影子，借助黄昏时晚霞的余光，压在这碗

西打磨厂硕果无几的老院

盖浇饭上，让这碗盖浇饭变得有些黑乎乎的了。抬起头一看，是弟弟，脑袋趴在窗玻璃上，正瞪着眼睛看着我，然后，转身就走了。

那一晚，我回到家，十分害怕弟弟当着爸爸妈妈的面，说起我在广玉饭馆吃盖浇饭的事情。我饿，他就不饿吗？一连好几天，弟弟什么也没有说。

六十年的时间过去了。再去那里，北深沟被堵死，它旁边的三家小店和副食店都没有了。南深沟整修一新，北口陈放着修路时从地下挖出的石磨等好多老物件，旁边新栽的花草吐着芬芳，水池里还有金鱼。它西边的广玉饭馆没有了。记得前些年来的时候，它还顽强地立在这里，改了名，叫唐蕾餐厅。

20 民信局

　　《京城坊巷志稿》记载，西打磨厂有六家会馆。如今，只剩下临汾会馆和粤东会馆两家。临汾会馆在粤东会馆斜对门105号，和粤东会馆一样，最早建于明朝。粤东会馆占地三亩，临汾会馆只有一亩半，但它有戏台。现存的乾隆三十二年（1767）"重修临汾东馆记"石碑上，刻有"重整殿宇以妥神灵，外及厅堂两庑戏台等处咸加修葺"的字样，明确说明这里是有戏台的。我问过这里的老街坊戏台会在哪里，他们都说，住进来时戏台早就没有了，戏台的位置应该在现在紧靠大门旁的西侧。这倒也合乎规矩，会馆建戏台的，一般有建在这个位置的，聚会乡祠，看个大戏，叙个乡情，图个方便和排场。在河南开封一座保存完好的山西商人会馆里，戏台就是在这个位置上的。

　　乾隆十六年到二十年（1751—1755），西打磨厂出现了最早的北京民信局，而且不止一家。当时号称京城四大民信局的胡万昌、协兴昌、福兴、广泰，都在西打磨厂一条街上。

　　民信局是民间办的，可以说是中国最早的邮政组织。一直到光绪二十二年（1896），清政府才正式成立邮政局，宣统三年（1911）

清政府在这里设立了打磨厂支局。民国之初，南城电报局也开设在西打磨厂。可以说，西打磨厂这条街，清末以来，一直是通信事业的重地。

二十世纪五十年代初到六十年代初，西打磨厂有一家邮局，是座二层小楼，楼下营业，楼上办公。这家邮局，便在临汾会馆以前的戏台的位置上。清末将颓败的戏台改造成了民信局，而后演进为邮局，依托戏台原有的高度，建成二层小楼，将门开在外面。

我第一次走进这家邮局，是上小学四年级的时候。那时的邮局兼卖报纸杂志，放在柜台旁的书架上，供人随便翻阅挑选。我花了一角七分钱，买了一本上海出的月刊《少年文艺》，觉得内容挺好看，以后便每月都到那里买一本。读初中的时候，父亲因病提前退休，工资锐减，在内蒙风雪弥漫的京包线上修铁路的姐姐，每月会寄来三十元钱贴补家用。每月，我会拿着汇款单到这里取钱，顺便买《少年文艺》。每一次，心里都充满期待，感到温暖，因为有《少年文艺》上那些故事在那里神奇莫测地跳跃，有姐姐的身影朦朦胧胧地在那里闪现。

邮局关张之后，这座二层楼成了邮局职工的宿舍。对于这座二层楼，两种记忆总忘不掉。一是"文化大革命"中，一个女人从邮局那二层小楼上跳下来，她仰面望着湛蓝的天空，眼睛没有闭上。那是我第一次看到有人自杀，我不知道她为什么要自杀，但确实感到生命的脆弱和命运的茫然。另一次是1976年唐山大地震那年，邮局的楼上一层被震塌。后来重新修起了二层楼，后接上的一层接缝明显，像是历史的断层一般，给人们醒目的提示。

重整西打磨厂，眼瞅着临汾会馆翻盖一新，平地起了一座新宅院，成为北京会馆文化陈列馆。从外面看，已经看不出旧时邮局的一点儿影子了。它被改造前的那个夏天，我去那里，看见邮局从一楼到二楼的整整一面墙上，长满绿绿的爬墙虎，风吹拂着它，像是一块巨大的绿地毯在轻轻地抖动着。冬天再去的时候，那一面墙上的叶子都红了，像是烧着了似的，蹿起了一汪汪的火苗。

21　大丰粮栈

　　大丰粮栈在我们大院对面。外墙水泥磨砂，很有些洋味儿。店门在中间，门上的匾额早没有了，门两边各有一溜儿窗户，高窗铁栏杆。这一面外墙足有十多米长，前面是开阔的空场，水泥铺地，原来放着一辆两轮马车，后来只剩下两个轮子。我们一帮孩子常踩在轮子上面，当儿童游乐园的水车玩。有一次不小心，我从轮子上跌了下来，后脑勺着地，当时晕将过去，吓得母亲闻讯赶来，背着我就往医院跑。这成了我对大丰粮栈最深刻的记忆。

　　大丰粮栈前面的房子以前用来办公，后来成了铁路宿舍。粮栈的主人姓姜，他自己一家住在后面的院子里，要从东边一个小夹道才能进去。在我的童年里，那个窄小的夹道有几分神秘。夹道的尽头，往西拐一个小弯儿，有一扇红漆大门。因为有很宽的塞余板和走马板，大门显得很宽敞。那扇大门似乎总是关闭着，总见一个比我小几岁的小男孩独自一人穿过瘦长的夹道出出进进，从来不爱和我们一起玩，也不和我们说话，显得有些高傲、也有些忧郁的样子。

　　这个小院，我进去过一次。1973年，我从北大荒回北京，待业在家，好心的街坊帮忙，让我去街道服装厂暂时干点儿零活。服装厂就在这个院子里。派给我的第一个活儿，是拉一平板车的服装，往大栅栏的商店里运。我不会骑这种三轮平板车，总往一边倒，生怕把一车服装都翻倒在地，只好推着车走，一路上大汗直流，狼狈不堪，这是我对大丰粮栈第二个难忘的印象。

2007年或者是2008年的一天黄昏，我在西打磨厂，忽然听见有人招呼我的名字，回头一看，是位熟悉的老街坊，忙走过去问候。这时，一位陌生男人走到我的身边，面目清秀，高个子，五十多岁，直截了当地冲我说道：你是肖复兴？然后，他自报家门，说大丰粮栈就是他父亲开的，想请我到他家看看。我心想，童年常常看见的那个小男孩就是他了。

走进夹道，大门的红漆斑驳，脱落得很厉害，门联上的黑字还比较清楚：家传事业承冠冕，国倚长才辅圣明。这是一个小三合院，虽不典型，但很精致。正房相对的是粮栈的后墙，所以没有倒座房。院子很宽敞，中间的一株石榴树很粗很高，绿荫掩映整个小院。他指着石榴树告诉我：去年温家宝总理专门来到我这院子里视察，就是这石榴树的枝子碰了温总理的头呢。

小院曾经被粗暴地占据，连厕所都被改建成住房，成为他人的住处。"文革"结束，落实政策，归还小院，抄家时有记录的东西退赔。他拿出一个瓷笔筒和一小木匣对我说：就剩下这两样老东西了。我看了看，画有线条人物的笔筒出自宫廷，匣子里是一套康熙五十年（1711）印制的《佩文韵府》。

记忆中的大丰粮栈旧址

他告诉我：我准备拆迁搬家了，知道你想写咱们西打磨厂，总想找你聊聊我们家这大丰粮栈。不知怎么，我觉得他说得有些伤感，毕竟，这是他父亲亲手创办的家业，是他从小长大的家。

告别的时候，天已经黑了下来。昏黄的街灯喝醉酒似的闪烁，初冬的冷风，吹响了电线杆上的电线和树枝，瑟瑟的声音，伴随着归家的人们匆匆的脚步。我忽然想起英国老牌摇滚歌手莫里西的一首叫做《在悲伤大街》的歌，他哀婉地唱道：

> 在悲伤大街的最后一晚，
>
> 再见了房子，再见了楼梯，
>
> 我出生在这里，我成长在这里，
>
> 我可以列出所有你曾经厌倦的事情，
>
> 或者你曾经说过的事情，
>
> 或者是哪一天你是如何地站在那里的。
>
> 今天，我们一起度过了悲伤大街的最后一晚
>
> ……

22　同泰客店

在同泰客店的大门口的高台阶上，碰见了老街坊张家一家三口：张大妈、张大爷和他们的闺女。一家子高个儿，站在那里，老两口壮实威武，闺女亭亭玉立。老远，我一眼就看见了他们。

前门一带，旅馆和客店最多的时候曾经有七十多家，西打磨厂就有三十余家，占了一小半。当年，学者邓云乡和诗人邵燕祥、北岛，都曾经在西打磨厂这样的客店或旅馆里小住。同泰客店是这三十余家客店其中之一。当时，客店分为两种，一种专住客人，被称为旅店或宾馆；另一种是连人带车辆一起，被称为大车店。前者多集中在街西口，最有名的是前门第一宾馆，同泰客店属于后者，是大车店。大车店，最早是为运货的车夫和押送货物的镖客服务的，院子很深，有前后门，前门有高台阶，后门通后河沿，靠近火车站的货运场，方便进货、出货。

同泰客店，是张大妈的父亲何老爷子开的。

因为何家拥有同泰客店的房产，加上张大爷曾经参加过三青团，尽管他自己是中法大学法律系毕业，后来却只能拉三轮车为生。这些家产，和他的出身，成为了压在他身上的两座大山。不过，和骆驼祥子拉车不一样，他很乐观，没有落魄的凤凰的感觉。相反，每天拉车，他当作体育锻炼，脚底生风，风里来雨里去，竟然拉出一个好身子板儿。我见到他的时候，八十多岁的人了，张大妈说他还能够骑着自行车满世界跑呢。张大爷听张大妈这样说，不言语，也不看我，只望着街上。有小轿车开了过来，被停放在道边的自行车和三轮车堵在那儿趴窝了。他眯缝着眼睛，嘿嘿地笑了起来，自言自语：嘿嘿，汽车也有蹾瘪的时候！

　　三四年前，再去那里的时候，看见好多工人正在拆迁，同泰客店已经被拆得七零八落。我走进去，一直走到最里面，坐南朝北的三间正房，张大妈和张大爷原来就住在这里，已经履为平地，四周荒芜，长满青草。

　　再去那里的时候，还是荒芜着。不知以后做什么用。

23　董德懋诊所

　　董德懋私人诊所是西打磨厂的骄傲，满北京城，没有不知道的。董德懋是京城四大名医施今墨先生的得意弟子，主治内科，妙手仁心，颇有名声。比他医术更出名的，是老北京的一句歇后语。"打磨厂的大夫——懂得冒儿呀"，就是从这儿来的。

　　据说这句歇后语闹得董大夫很头疼，想要改名字。但是，他的老师施今墨先生不同意，觉得行不改名，坐不改姓，关键看的是自己的医术和心地。董大夫听从了老师的意见，坚持了自己的名和姓。

　　董大夫高寿，一直活到九十多岁，2002年才去世。我小时候见过他，那时候四十岁上下，正值当年。他面相英俊，个头高挑，穿西装，行中医，住小楼，坐轿车，为人和蔼，举止儒雅，非同寻常。

　　董德懋诊所，离我家住的大院很近，只隔着达飞电器、老林家锉铺、老冯家石板铺几个门。它把在翔凤胡同北口路西。前面的二层新式小楼是他的诊所，拉花水泥抹墙，白色沙砾装饰，一派西式风格，门前挂有"中医董德懋诊所"的木牌，前面有开阔的空场，方砖铺地，有时会停放着一辆黑色的小轿车。他家住在后院，是一座典型的四合院，门另开在翔凤胡同。四合院是典型的老北京味儿，他家算是这条老街难得一见的中西合璧的宅院。

前几年，扩宽草厂三条马路，一直延伸到西打磨厂，拆掉了整条翔凤胡同，董德懋这幢小楼和四合院无从幸免。拆迁之前，我来这里多次，来一次，这里变一次。董德懋诊所苟延残喘，一直挺立在那里，好几年没动。我还以为是看着董德懋的名声要保留下来呢。上上一次来看，这里出租给了外地人，经营水果和日用百货，还挺红火的。前一次来，把房前的空地都占了，四周竖起了铁栏杆。再一次来，什么也看不见了，董家中西合璧的老宅院，已经成了一片空地，栽着两株不高的小松树。

如今，再去，那里已经是宽阔的马路了。想起了那两株小松树，既然明知道要变成马路，为什么还要新栽上两株小松树？有点儿匪夷所思。

24　乡村饭店

　　乡村饭店，是一个好听的名字。我一直认为这样的名字是北平和平解放以后起的。院子是拆除了原来一片低矮破旧的老房子后盖起来的，院墙是水泥拉花，大门两旁有几扇西式高窗，外面装有铁艺栏杆。大门漆成红色，关键是大门上方嵌有一个大大的红五角星，有棱有角，突兀立体，有明显的新时代的标志，和西打磨厂老街上的老院是完全不同的风格，颇有些鹤立鸡群的感觉。

　　北平和平解放初期，乡村饭店成为部队的家属大院，住进的全都是军队的干部和他们的家属子弟。那时候，大概因为西打磨厂靠近皇城和火车站，很多部队的人员都愿意住进这条老街。在西打磨厂西边，有好几处类似乡村饭店的房子，还有的拆掉旧房，平地盖起了楼房，不过都是部队的招待所，个别是军队领导的独门独院的住宅。集中住着这样多部队干部和家属的，只有乡村饭店一处。这样的住房格局，带动了人员构成的变化，颇有些像后来流行的"掺沙子"。住进的这些新人，从说话的口音就能分辨出来，和街上原来的老人形成了两种不同群体，无论表面，还是心底，都在暗暗地使劲。有时候走在街上，彼此会走在街的两边，不会在一边走。

乡村饭店，对我来说一直有些陌生。那里住着我几个小学同学，尽管在学校里关系不错，也能玩在一起，但我从来没有进去过这个大院，大概是自惭形秽吧。那里住的都是解放军的军官，甚至还有参加过长征的老红军，我的父亲虽然也在部队待过，却是在国民党的军队。两个截然对立的阵营的后代，尽管同住一条老街，但住在乡村饭店和住在老会馆大杂院里的人，自然有了距离。

"文化大革命"爆发了，我们的粤东会馆被贴上"庙小神通大，池浅王八多"的大字报。乡村饭店一样在劫难逃，我亲眼看见不少人被造反派从院子里揪了出来，甚至有老红军被塞进小汽车的后备箱里拉去挨批斗。老街上，达成了唯一的一次平等。

多年前，我陪一位外地来的朋友逛前门，顺便带他看看西打磨厂老街，走到乡村饭店大门前，正好遇到一个小学女同学。虽然几十年没见，但是还能一眼认出彼此。住在乡村饭店里的好多人，他们的父母落实政策后，早都有了新房搬走了。不知道什么原因，她居然还住在这里。她邀请我们进院到她家坐坐。我没有去，小心眼儿地觉得她并非真心，只是客气客气而已。

2018年，北京十月文学活动月，我带一群年轻人逛前门，走到西打磨厂，走到乡村饭店，才发现乡村饭店刚拆不久，外墙还在，高窗还在，红色的大门还在，棱角分明的大五角星也还镶嵌在墙上，但里面的房屋都拆了。这群年轻人看着新鲜，一哄而入，我跟着也进去了。这是我第一次进乡村饭店，看到的却是断壁残垣，像幽灵一样立在那里。想当年，对比老街上那些拥挤不堪的破旧老屋，这里的房子曾经何等辉煌。踩着满地的碎砖乱瓦，从前院一直走到后院，才发现它的格局和老四合院完全不同，一排排的房屋，是部队营房的样子。这样新式的院落，和老会馆老客店大杂院并存了七十来年，是西打磨厂的奇迹。不仅是建筑并存相容的奇迹，更是文化相互渗透影响的奇迹。

25　新开路

　　北京有好多条新开路。东单和西安门边上，西直门内和沙滩南，都有叫新开路的胡同。顾名思义，对比明清的老胡同，这是指后来新开辟的胡同。从前门大街进西打磨厂西口，往东走，也有一条新开路胡同。走到新开路，西打磨厂就结束了，再往前走，是东打磨厂。东西打磨厂，最早是一条胡同，连接着前门和崇文门。过去老话说：门见门，三里三。从明清一直到民国时期，曾经是北京城最长的一条胡同。皇上在的年代，长安街是御道，平常人不许走，东西城的人要想相互走动，必要绕道南北，往南走，打磨厂是必定要走的路。新开路南北走向，拦腰将这一条胡同截成两截，才有了东西打磨厂之分。1947年的《北平地图》上，第一次标明了西打磨厂和东打磨厂这样的名称，它们宛如兄弟分家，各立门户。

　　新开路的开通，应该和同仁堂制药车间在这里建成有关。同仁堂的制药车间占地不少，而且，在车间旁边还盖起了同仁堂掌柜乐家的私宅，至今这两处建筑依然健在。乐家女儿的绣楼旁边，有一条乐家胡同，和新开路一样，也是后开的路。这都证明了新路的开辟和新房的建立一样，都得有钱势的依托，并不是走的人多了，就有了路。

在北京的胡同里，新开路算是不窄。印象最深的是新开路4号，门脸不大，但二进院很是雅致，有传统的天棚鱼缸石榴树，最醒目的是黑漆木门上的门联"义气相投裘臻狐腋，声名可创衣赞羔羊"。当时，和同学一起看这副门联，猜院子的主人是干什么的。后来，住在这附近的一个同学告诉我，这家主人是经营皮货买卖的皮货商，这里的商号原来叫做义盛号。老板姓何，长得极瘦，为人谦恭，老板娘穿戴讲究，一年四季爱穿旗袍。其实，我那时对做什么买卖的不感兴趣，感兴趣的是这副门联，觉得对得很工整，特别是"裘臻狐腋""衣赞羔羊"中的"臻"和"赞"两个动词，一下子将后面的"狐腋"和"羔羊"两个名词带动得活了起来。

"文化大革命"中，新开路和它东西两旁的何家小院、同仁堂制药车间及其私宅一起遭殃。一群初中的红卫兵来了，将新开路改名叫新革路。这个"革"字，只有经历过那个年代的人理解，是"革命"的"革"。乐家绣楼后面的乐家胡同也改名了，叫同乐胡同。

每一次去打磨厂，我都要到新开路去看看。如今，那里的路拓宽，新开路又恢复了原名。乐家胡同，依然叫后改的名字"同乐胡同"。虽一字之差，却见学问，更见世态人心。世事沧桑和风云动荡，藏在了小小胡同名的变化之中。

26　粤东会馆（一）

粤东会馆，是我住了二十一年的大院。关于它，我写了很多，但是有这样三处，却没有写到。

第一处。进院大门，出过廊，二道门前，右边有一个很宽阔的沙土地空场，左边有一个自成一统的跨院，中间是青砖铺就的甬道，甬道高出左右一大截。这样的格局，在老四合院里很少见。我猜想，跨院最早应该是当年仆人和乡下来人住的地方；沙土地空场是停放马车、让马匹休息蹭蹭痒痒打打滚的场所。那里成了我们小时候踢球的地方，常在那里疯玩。下雪的时候，这里的积雪最厚，我们就到这里堆雪人，打雪仗。

但最好玩的地方在甬道处，下面挖了一个一人多深的大坑，里面藏有全院的自来水表和总阀门，上面盖着个大木盖。街坊们管它叫水井。捉迷藏的时候，我常常跳下去，藏在里面，就像电影《地道战》里演的一样，谁也找不着。后来，很多孩子知道了这个秘密，都往里面跳。常常是掀开木盖一看，下面已经藏着好几个孩子了。

第二处。迈过二道门前几级台阶，有一座迎面影壁，影壁很大，足有五六米长，两三米高，将后面的三间正房遮挡得严严实实。影壁

八十年代末的粤东会馆记忆

的右边有一座和影壁齐高的石碑，上面刻着捐资重修粤东会馆的名单和缘由。晚上，影壁常遮住月光和灯光，四周比较幽暗。夏天的时候，我们把捉到的萤火虫放进小玻璃瓶里，拿着瓶子，绕着影壁跑，为了看萤火虫到底能闪多大的亮。

影壁和石碑，伴我们度过了童年和少年时代，一直立在那里，安然无恙。"文化大革命"的红八月，来了一群红卫兵，和院里的街坊一起动手，瞬间就将影壁和石碑都推倒了。那天黄昏，我从学校回家，看见影壁不在了，地上一片狼藉，觉得院子一下子像被扒光了衣服一样。那三间正房格外突兀地呆立在那里，和我面面相觑。

再一处。两扇黑漆大门旁，还有一扇旁门。三扇门后，是一道足有七八米长的宽敞过廊。过廊里，没有灯，晚上回来时，黑洞洞的，十分可怕。过廊一侧有两间房，门朝向过廊，一扇小窗开在后墙，对着沙土地空场，应该是以前的门房。过廊另一侧，是一面白墙。"文化大革命"中，人们把水泥抹在墙的左下方一角，又用黑漆涂了一遍又一遍，制成一块小黑板，我就在上面用粉笔写上毛主席语录。

粤东会馆没有拆迁之前，有一次我回去，看见那块小黑板还在墙上，我抄录的毛主席语录居然也在，字迹还很清晰。

水井和影壁，没有一点影子了。石碑的一角，居然奇迹般地还在，垫在一户人家小厨房的墙角下面，当了房基石。

27 粤东会馆（二）

2019年的夏天，两个小孙子从美国回来，我带他们到粤东会馆来。他们很好奇，没有见过北京的四合院是什么样子。我想让他们看看爷爷像他们这么大的时候住过的地方，让他们能够触摸到一点历史的脉搏。踩一踩岁月影子的尾巴，看看是不是头跟着也会动，我想让他们知道他们的根在哪里。

此时，粤东会馆基本完成了迁拆翻建，奇特的是，外面有两扇大门，一扇红漆明亮簇新，另一扇黑漆斑驳脱落。由于东跨院人家坚持未搬，只好留下这扇黑漆老门，另开了这扇红漆新门。一新一旧，一红一黑，一妻一妾般相互对峙，如同布莱希特的话剧，有了历史跨越之间的间离效果。

院子里全部都是新建的房子，原来的格局没有变，老枣树、老槐树、老丁香和老桑树，都没有了。前两院人去屋空，没有了以往的烟火气，空旷得像是搬空了道具的舞台，清静得有些让人觉得发冷。站在院子里，感觉像有一股股的凉气从各个角落里涌来，冲到我的脚后跟儿。

甬道尽头，后院东边那三间房子，就是我原来的家。灰瓦，红门，绿窗。地砖，窗台，房檐。清风，朗日，花香。好像日子定格在往昔，只有那些新鲜的颜色，不小心泄漏了沧桑的秘密。多少孩提时的欢乐，少年时的忧伤，青春期如春潮翻滚的多愁善感，都曾经在这里发生。多少人来人往，生老病死，爱恨情仇，纷至沓来又错综交织的记忆，也都曾经在这里起落沉浮。

远远的，我指着那三间房子，对两个孙子说：那里就是爷爷小时候的家。

两个孙子很好奇地跟着我走到后院。没有想到，整个院子里其他的房子都是空着的，唯独我家这三间房里有人，一家什么公司的几个年轻人正在里面办公。三间房子打通，安装了新的空调，窗户下面的外挂机呼呼地响着。

一个工作人员，也许是他们的头儿，走了出来。尽管我一再向他解释，这里以前是我的家，我们只是来看看，他还是非常礼貌地把我们请出了大院。

那天，是2019年7月20日。怎么那么巧，五十一年前的这一天，我离开了家，走出大院，去了北京火车站，去了北大荒。

回家后，写了一首小诗：

> 重回老院暗惊魂，携子将孙细议论。
>
> 灰瓦绿窗侵旧迹，残云衰草掩新痕。
>
> 落花消息书中尽，流水光阴梦里存。
>
> 开户已成办公室，当年一别是家门。

28 小 桥

小桥这个地方，如今好多人已经彻底遗忘。有时候，忘掉一个地方，比忘掉一个人还要快，和拆掉一个地方一样简单。

小桥在鲜鱼口以东，长巷头条以西。最早，那里有条梯子胡同，后来梯子胡同没有了，只能以长巷头条为标记，其实，小桥应该在长巷头条再往西一些。明正统年间，正阳门东南的护城河开口泄洪，河水过打磨厂和孝顺胡同，流经此地，先有了鱼市，后有了鲜鱼口的地名，又有了小桥和梯子胡同的地名。梯子胡同是因为河堤往上爬呈梯子状而得名，小桥则是缘河而得名。当初河上确实有桥，后来桥没有了，小桥的地名却一直延续到几百年后。

前些年，修前门东侧路，拦腰截断孝顺和长巷头条好几条老胡同，小桥随之消失得无影无踪。

对于我来说，小桥的标志性地标是小桥副食店。其实，小桥这一带有很多比它名气大的地方。天乐园（新中国成立后叫大众剧场）、长春堂老药店和正明斋点心铺，都紧挨在它旁边。但是，只要一提起小桥，我总会忍不住想起小桥副食店。它的门前挂着"小桥副食店"的木牌，店墙的最上面用红油漆写着"小桥副食店"的大字。在这一带，只有它独此一家顽强地写着"小桥"这个老地名的名字，让曾经的历史没有像断了线的风筝被风吹散。

小桥副食店把着南孝顺胡同北口的东端，里面很大，进门左手边是菜摊，右手边有柜台，卖日常的油盐酱醋，正对面卖鱼虾和肉类。我常到那里打酱油买菜买肉。母亲有时让我买肉或带鱼的时候，总要叮嘱一句："去小桥啊！"不仅母亲，在好多街坊的心里，小桥副食店的水准是超过一般副食店的。

修东侧路之前，我特意去那里看了看。周围一片拆得七零八落，小桥副食店人去屋空，店门被木板钉死，一面墙已经坍塌。我一眼看见，墙最上面原来"小桥副食店"那五个红油漆大字的位置，还残存着"小桥"两个字。

据说，石头小桥就埋在副食店下面的地里。

29 庆隆大院

老北京给胡同起名字，有不少名称都很有意思。有些名字让人匪夷所思，比如叫大院的就不少。为什么把胡同叫成大院？这是两个不同的概念嘛！我一直不明就里。我知道叫大院的的胡同，有石碑胡同旁边的花园大院，草厂十条东边的粪场大院（后改为奋章大院），桥湾儿附近的槐树大院，白塔寺附近的黄土坑大院，什刹海后海附近的兴隆大院，北池子之西的承侯大院，西直门内的石碑大院，北新华街的刚家大院，朝阳门大街的罗家大院，崇内大街的铃铛大院，灯市口大街的兴隆大院、信义大院、富贵大院，等等，很是不老少。

离我小时候的住家很近，还有一个庆隆大院。走兴隆街，过大众剧场西边一点，路北就是。这条胡同很短，不直，南通鲜鱼口，北通銮庆胡同，中间的膛儿很大，像一个人突然隆起的啤酒肚。在这啤酒肚的地方，形成了一个挺宽敞的空场，西边有个浴池，东边是一面高墙。小时候，父亲常带我到这里洗澡。我和同学放学后或放假的时候，也常到这个空场里踢球。

多年未到庆隆大院，再一次来，是1972年冬天。

我从北大荒回北京探亲，忽然想看看连家大姐。连家住我们大院前院的正房三大间，房前有宽敞的廊檐和高高的石台阶。在我的印象中，连家没有男人，只有连家姆妈和连家大姐，连家大姐是连家唯一的孩子。

连家姆妈是广东人，身体不好，深居简出，我很少能见到。连家大姐大我好多，我刚上小学，她已经上高中了。连家姆妈长什么模样，我一点儿印象都没有了。奇怪的是，连家大姐的样子，我一直清晰地记得。她个子很高，面容白白净净的，梳着两条长辫子，说话柔声细气，是地道的北京话，不像连家姆妈一口广东话听不懂。

我和连家大姐并不很熟。给我印象最深的是，一直功课很好的连家大姐高考失利，失利的原因，听说是临考前连家姆妈特意把家里珍藏的一支派克金笔给她，本来希望这支金笔能带给她好运，帮助她考出好成绩的。谁想，答卷的时候，派克笔不出水，怎么也写不出字来，急得她使劲儿甩笔。墨水终于甩出来了，却甩在试卷上和她的衣服上。忙乱中，连家大姐慌了神，没有考好。高考失利倒也罢了，最让我、也是让全院人都没有想到的是，连家大姐从此患上了精神分裂症。那时，谁也不懂这个病，等连家姆妈带她到医院，为时已晚。从医院里出来，她就整天宅在家里。我上中学后偶然见到她，人已经有些脱形，那么漂亮的连家大姐，一下子苍老了许多。

高中毕业那年春天的一个晚上，我正趴在桌子上复习功课，连家大姐忽然来到我家。这让我非常奇怪，她从来没有到过后院我家。她没有理会我父亲母亲和她打招呼，径直走到桌前，对我说：你高考的时候，千万别用钢笔，一定用圆珠笔，用铅笔！这话说得神神叨叨的，让我一愣。她说完转身就走了，走到门口，又回头对我说：现在咱们全院就你学习最好，你可一定要考上个好大学，别重蹈覆辙，走我的路！这话说得可一点儿都不神神叨叨，让我有些感动。我赶忙站起身，追上几步，要送送她。她已经像一阵风一样走远。

在此之前，我和连家大姐没有什么来往，但她留给我的这个印象很是难忘。大概就是由于难忘吧，我想起应该去看看连家大姐。

这时候连家姆妈还在，和连家大姐两人相依为命。连家大姐的病已经好了，算一算，她已经三十五六了，一直没有个对象，成为了继患病和没工作之后，第三个让连家姆妈头疼的老大难。我去连家，连家姆妈告诉我，前些日子街道办事处给她找了份工作，在自行车存车处看车。说罢，连家姆妈叹了口气，说：总算有个工作了，要不我一走，她可怎么办呀！然后告诉我，存车处在庆隆大院。她问我：你知道这个地方吧？我说知道，就去找连家大姐。存车处就在这个空场上，靠东墙边。到这里停放自行车的，白天大多是逛鲜鱼口和大栅栏的，晚上，是到大众剧场看戏的人。我小时候，这里没有存车处，那时候有自行车的人少。后来自行车渐渐多了起来，这个空场派上了用场。

来到庆隆大院，很容易就找到了连家大姐，她也一下子认出了我。我见她精神好了许多，只是岁月在她的脸上身上留下的痕迹太深。她穿着一身灰蓝色的工作服，更是遮掩住了青春的容颜。按理说，三十五六，还是好年龄，可她显得那样苍老了。想起以前她那漂亮的样子，心里有些伤感。

等她下班后，我们一起回老院，边走边说着话，觉得她的话比以前多了起来，整个人放松许多。我很替她高兴。她说没有想到你跑来看我！说完，她笑了。接着对我说，看车的时候，特别怕碰见熟人，你来了，我不怕！然后，她又说，听你爸爸说，你在北大荒都发表文章了，我真的特别为你高兴！可惜，和我一样，就是没有能上成个大学！听到她这样说，不由想起当年她高考失利的样子。她的一生，便是从那时打了个弯儿。如果考上大学，她的生活是另一种样子了，怎么会跑到这里看自行车？

这是个雪后的黄昏，积雪很厚，挂满枝条，覆盖房顶，在夕阳映射中，闪着冬天独有的凛然白光。路上结着冰，有些滑，我搀扶着她慢慢地走，背后打过来落日的余晖，在我们的前面投射下两道影子，又细又长，长出我们的身子一倍多。那影子，在我们的前面晃动着，我们永远无法踩在上面，更无法迈过去走到它们的前面。

从那以后，我再也没有见过连家大姐。前两年，我再一次来到老院，老院已经彻底拆迁，翻盖起新的四合院，红柱绿窗，青砖铺地，瓦还是灰瓦，却不是以前的老鱼鳞瓦，瓦上更没有了摇曳的狗尾草。我只在东跨院见到一位老街坊，向她打听连家大姐，她吃惊地告诉我：你不知道吗？前几年，连家大姐就走了呀！

想想，也不奇怪，悲欢离合，生老病死，不就是普通人的日常生活吗？一直病体连身的连家大姐活到八十，也算是长寿了。虽然结婚晚，但是找了个当工人的丈夫，待她很好，又有了儿子孙子，算是苦尽甘来。不过，每一次想到连家大姐，心里总是有那么一点儿说不出的感觉，忍不住想起那一年她的高考，还有那支倒霉的派克金笔，也会想起1972年的冬天，我和连家大姐一起走在庆隆大院里，夕阳从身后打下的那两道细长的身影。

30　桥湾儿

桥湾儿是北京的一个老地名。如今地铁七号线在这里专门设立一站，站名就叫桥湾儿。

既然叫桥，说明这里以前必然有水，便是有名的三里河。《京师坊巷志稿》里说得很清楚："正统间修城壕，恐雨水多水溢，乃穿正阳桥东南洼下地，开濠口以泄之。"明朝正统年间，为了泄洪，在前门楼子东侧的护城河上，斜着往南挖出一条泄洪沟，穿过西打磨厂街的洼地（我小时候，街坊们管这里叫鸭子嘴），沿北孝顺胡同以东、长巷头条以西的位置，冲出了一条人工河，流经豆腐巷、芦草园、桥湾儿，进入左安门的护城河，一直流向大通河，再和大运河相连。这条泄洪河大约三里长，就叫成了三里河。现在这一带小桥、水道子、薛家湾、鲜鱼口等地名，都可以看出当年水的影子。桥湾儿就是这样沿河流淌出来的一个地名，也是这条河的一个重要节点。因为河水在这里打了一个弯儿，往东南方向流去，所以叫做桥湾儿。

桥湾儿，我非常熟悉，童年到金鱼池或天坛玩，必要经过这里。读中学以后，也常常从汇文中学后门出来，从安华楼坐23路公交车，在这一站下车，穿过芦草园和草厂胡同回家。水是早就没有了，只剩下三里河和桥湾儿的地名，和这一片铺铺展展、纵横交错的胡同。这一片胡同，大多是在干涸的旧河道上渐次建起来的，都是明朝就有的老胡同了。地理的肌理，就是这样在历史的皱褶中形成的。

那时候，不懂历史，只关心桥湾儿这儿有家正明斋老点心铺。长大以后，才知道它的历史很久。正明斋最早于同治三年（1864）在大栅栏西的煤市街开业，生意做得不错，同治九年（1870）在桥湾儿开了这家分店。下23路公交车，往北一拐弯儿，就是桥湾儿的南口，把口路东，是一家挺大的副食店，对面路西便是正明斋。只要路过这里，就有浓浓的点心香味飘过来。不过，我小时候，它的门市先搬到前门大街，后来又搬到鲜鱼口东的大众剧场旁边。这里成了它的糕点制作车间，香味似乎更浓，真的很逗我的馋虫。那时确实很馋，也是肚子里油水太少。买点心得要点心票，每人每月半斤，所以点心有些高高在上，可望而不可及。

再一次常去桥湾儿，是1974年春从北大荒调回北京之后。偶然一次，晚上坐23路在那里下车回家，四周暗着，忽然看见正明斋西侧靠南一点儿，有一家挺大的理发店，灯火辉煌。店名"尽开颜"，三个毛体大字用霓虹灯管镶嵌，一闪一闪，眨着眼睛。觉得这名字取得挺有趣的，理完发，刮完脸，可不是"尽开颜"嘛。过去的理发店门前的招牌写的是"顶上功夫"，现在，改用新词了。正巧头发长了想理发，就拐进理发店。店里人不多，为我理发的是个年轻的姑娘，年龄应该比我小几岁，鹅蛋形的脸庞，俏皮的鼻头，爱说爱笑，一笑露出两颗小虎牙，特别是一条李铁梅式长长的辫子，怎么看怎么像在北大荒一位曾经的女友。忽然忆起，已经是劳燕分飞很久。似曾相识的理发员，让青春的无花果之恋，一下子变得惆怅而令人怀念。

以后，每次理发，我都会到那里，专门找这个姑娘给我理发。我们渐渐熟起来，一边理发，一边聊天，我知道她是顶替她母亲到这里来理发的。她家就住在桥湾儿，对这里很熟悉。她告诉我，这里真有一座桥，汉白玉的，叫三里河桥。以前修路的时候，就在理发店的大门前挖出来的。那时候，她妈妈就在这里工作，亲眼看见桥挖了出来，又被原地埋下。她对我说：现在要是挖，还能把桥挖出来呢！我逗她说：兴许还能把三里河也挖出来呢！她一本正经地反驳我：你还别不信，我说的是真事！

她还对我说，理发店西边一点，把着靠山胡同南口，那儿有个公共厕所，厕所旁边，有一家卖粮食的粮食店，是原来的铁山寺，问我知道不。我还真不知道，摇摇头。她告诉我，现在大殿和东西配殿都还在，还有两棵老槐树，她小时候，还见过庙里的和尚呢！那时候，我不关心这些，也不懂得这些的珍贵，只是听她说得挺骄傲的。现在想起来，一个地方，从小在这里长大的人，和路过这里的过客，感受毕竟是不一样的。

1975年的夏天，我搬家之后，再没有去"尽开颜"理发店理发了。一直到三十年过后的2005年开春，为写《蓝调城南》一书的时候，我才再一次来到桥湾儿。我从书中查到，1953年，在理发店大门前，确实挖出过一座汉白玉的三里河桥，十三米长、八米宽。可以想象，那时候的河有多么宽。在这样宽敞而风光旖旎的河两岸，各有一座庙宇相互呼应，南岸是明因寺，北岸就是铁山寺。

桥湾儿的路口还在，没有任何变化，只是路东的副食店没有了，但对面路西的正明斋糕点制作车间的老房子还在。大门和窗户都紧紧关闭，不知道里面做什么用了。奇怪的是，我依稀闻得出从里面飘散出的点心的香味。我知道，那只是我一时的幻觉，那扑鼻而来的味道，也只是少年时记忆的味道而已。

"尽开颜"理发店不在了，但是，它西边不远的铁山寺还在。铁山寺旁边的那个公共厕所居然也还在，实在让我有些惊讶。时间，在那一瞬间仿佛定格，甚至回溯到三十多年之前。

前不久，我再次来到桥湾儿，又十六年过去了。故地重游，恍然如梦。桥湾儿路西的正明斋老屋居然还在，它的身后新建起来一座高楼，所占的地方，正好是当年"尽开颜"理发店旧地。西边的铁山寺已经翻修一新，只是大门紧闭，无法进去参观。再往西走一点儿，是新拓宽的草厂三条，过了马路，就可以看见前几年新挖成的三里河了。河水蜿蜒，花草繁茂，只是由于草厂三条这条新马路的隔断，这条簇新的新河到此为止，无法如旧时的三里河一样，可以流淌到桥湾儿来了。

31　杨公祠

　　2004年的秋天，我去达智桥胡同12号寻访杨公祠。在北京，这里很出名，它不仅是明朝忠臣杨继盛的故居，还是戊戌变法前夜"公车上书"之地。那时的杨公祠，已经沦落为大杂院，山门紧锁，改为从旁边一座窄门进出。我挨门询问着街坊们，希望他们能够告诉我这里的历史变迁。他们众口一词，让我找前院住的老太太。前院三间是老太太的家。那里是景贤堂的后堂，廊檐宽敞，圆柱朱红，斑驳沧桑。

　　敲开门，一位个子不高、慈眉善目的老太太正在做肉皮冻。她热情地放下了手中的活，接待了我。老太太告诉我，她今年七十五岁，十岁时搬进来。那时，这里有一个和尚和两个看门的，住在她家的后院。她说，景贤堂原来供奉着杨椒山的彩色泥塑像，像的两侧有对联（我知道写的是：不与炎黄同一辈，独留清白永千年），像的东边有一座顶到房顶高的石碑，"文化大革命"时让人砸了。景贤堂比后面的房子高出一大截，堂前种的是松树和竹子，堂前堂后都有高高的六阶台阶，台阶两旁有光滑的坡，小孩子常常把它当滑梯玩。她住的这个屋子原来供奉着祖宗和杨夫人的牌位，有匾在上面，写的是"正气锄奸"。

　　说起当年，说起杨继盛，老太太很有感情，告诉我说：原来的院子可大了，你应该到西院看看去，那个亭子还在呢，只是现在都住上人家了，乱得看不出原来的样子了。

　　我请老人为我描述一下当年的样子，她的眼睛一下子变得很明亮，告诉我：我这院子有个月亮门通西院，西院里有东西厢房，中间是有假山石的两个花园，走廊一直沿着东厢房的前面通到后花园，那个亭子就是后花园的西边。我知道，老太太说的那个亭子就是"谏草亭"，是道光年间一个和尚募钱修建的。杨椒山起草疏稿的书房"谏草堂"，也在西院，记载奏疏的数十块石刻嵌刻在亭中。你去看看，石刻还能看见一些！老太太送我出门，还这样对我说。

　　今年，距杨继盛住进这个院子已有整整四百七十年了。一个四百多年后也住在这里的老太太，居然和一个四百多年前非亲非故的人，还有着这样深厚的感情，让我真的很感动。想起杨继盛临终前写的绝笔诗："生平未报恩，留作忠魂补。"留作忠魂补的，不仅是杨继盛，也有这位老太太。

　　可惜，我忘记问她姓什么了。

32　中山会馆

中山会馆在北京非常有名，相传最早是严嵩的花园别墅，清末被留美归来的唐绍仪（后来在袁世凯当临时大总统时当过国务总理）买下，改建为带点儿洋味的会馆。民国元年（1912），孙中山辞去临时大总统职务，受袁世凯之邀来北平，就住在这里，中山会馆的名字由此得来。

过白纸坊，从南横东街往南拐进珠朝街一点儿，就是中山会馆。中山会馆相当大，不算正院，光跨院就有十三座。所以，被清时诗人钱大昕盛赞为"荆高酒伴如相访，白纸坊南第一家"。

十六年前的夏天，一个下午，在中山后院的南跨院里，我见到过一位老太太，七十七岁，鹤发童颜，广东中山县人，和孙中山是老乡。她家祖辈三代都住在这里。

这是一座独立成章的小院，院门前有回廊和外面相连。我是贸然闯入，和老太太素不相识。不知为什么，老太太和我一见如故，搬来个小马扎，让我坐在她家宽敞的廊檐下，向我细数中山会馆的历史。说到兴头上，她站起身来，回到屋子里拿出厚厚的一本老相册，翻给我看。小院里只有我们两个人，异常安静，能听到风吹树叶的飒飒声。

翻到一页，相册的黑色纸页上，用银色相角贴着一张黑白照片，照片上是一个英俊的年轻人，坐在镂空而起伏有致的假山石旁。老太太告诉我：这是我的先生，已经去世二十多年了。我问她：这是在哪座公园里照的？她说：不是在公园，就在中山会馆这里照的。说着，她走下廊檐的台阶，带我向跨院外面走去。我上前要扶她，她摆摆手，显得腿脚很硬朗。来到前面已经杂乱不堪的院子里，她向我指认当年院里的小桥流水、花木亭台，和她先生照相的地方。一切仿佛逝去得并不遥远。

不知为什么，那一刻，望着照片，望着眼前的院落，又望着她，我心里非常感动。不仅感动她和丈夫的这一份感情，同时感动她愿意将这一切讲给素不相识的我听。

和她告别，她送我出院门，那一刻，仿佛我是她的一位阔别多年的朋友。出院门的那一刻，我忽然看见沿着院门南墙下种着一溜儿玉簪，正盛开着洁白如玉的长长的花朵，像是为小院镶嵌上的一道银色的花边。我指着花对她说：真是漂亮！她对我说：这还是那年我和我先生一起种的呢，一直开着！

33　番禺会馆

番禺会馆在宣武门外上斜街50号。《顺天府志》上说："上斜街，北临护城河，有响闸。"并引清人诗文，说它"背郭环流，杂莳花药"。自1826年到1831年，龚自珍在番禺会馆住了五年。据现存当年龚自珍亲笔签押的卖房契可以知道，这里的房子有四十余间，西院花、树、鱼缸、山石、亭、阁俱全。

前不久重游旧地，上斜街东口到金井胡同这一段，基本拆得面目皆非，我几乎认不得了。找到番禺会馆，那一面高坡只剩下短短的一截，如一个高耸的馒头，在胡同里平地而起。高坡的两侧各修了台阶，东侧还安装上不锈钢的扶手。拾级而上，西侧的灰墙上挂着一块写有"龚自珍故居"字样的牌子，有人特意用笔写上了"50号"几个字。东侧的墙上挂着一盏装饰用的橘黄色的灯，将一面灰墙映照得格外明亮。

依然没有大门，两墙夹裹的过道，和以前没有什么两样，只是迎面的山墙上，挂上了一面很大的镜子，明晃晃的，将胡同的街影映照在里面。不知是谁的主意，也不知挂上镜子用意何在。过去在院门或房门挂镜子，民俗是照妖镜的意思，但镜子不会这样大。

　　东西房屋山墙之间的过道还在，东侧后搭起的房前都拆除了，过道显得宽了些。沿过道到西段的后院，四周的小房也都拆了个干净，院子显得很是轩豁。中间的两个自来水龙头关得不严，在嘀嗒嘀嗒地滴水。正房还在，潘老五潘老六的房子也还在。房檐上的狗尾巴草还在迎风摇曳，房后的白杨树还在摇响着以往岁月的回声。

　　十七年前，我拜访过三代都居住在这里的潘老五。他的爷爷就住在这儿，他的爸爸给番禺会馆看门。当年龚自珍带着妻儿住在这里时，只是一个七品小官，道光十一年（1831），把房子卖给了番禺一位巨商，商人将其进一步扩张，改建成番禺会馆。那位商人也姓潘，叫潘仕成。同是姓潘，不是亲戚，就是乡里。七十多岁的潘老五热情地把我迎进屋，向我详细描述了以前番禺会馆的情景。

　　潘老五住的这一间房子是以前的门房，它西边的房子（他的弟弟潘老六住）原来是大门的门道，后来被堵死，改成了房子。也就是说，番禺会馆的大门就在我脚下的位置。大门外的高坡下是一级级的高台阶，下了台阶，街对面是一座影壁。在老北京，影壁一般建在院子里，或借用厢房的山墙，能把影壁建在院门外街对面的，都是不同凡响的。

　　这是一座三重院落。进院门，正面是荷花缸，左右各有石榴两株。西院前有月亮门，门前有一棵老槐树，院内有枣树两株、桑树一棵、丁香一株。后面两个院落也都各有一个月亮门，都有东西厢房。最后一院是花园，和后面的储库营胡同相连接，有一个后门可以走到那里去。东边的三个跨院只有北房，不一样大，由北往南，一个比一个小。东院墙也是斜着过来的，波浪纹的院墙很好看，一直和后院的花园连在一起。

潘老五特别对我强调，院墙、院门以及月亮门上，盖的都是那种绿琉璃瓦，这在北京的老会馆里很少见。

如今，上斜街无水可以依托，番禺会馆没有了花树亭阁、绿琉璃瓦和影壁，四周多了楼房和私加乱建的小房。两者一损俱损，跟着一起凋败，再自然不过了。不过，好在它旧址尚在，所有的房屋已经清空，在等待着日后的翻修。我猜想，它一定会和金井胡同的沈家本故居一样，被翻建一新，作为龚自珍故居，供人参观。这是值得的，作为清末著名的诗人、改革家，龚自珍值得我们怀念。

1839年，龚自珍写下了著名的《己亥杂诗》，想起他写的那三百多首绝句，其中有一句"白云出处从无例，独往人间竟独还"，还有一句"照人胆似秦时月，送我情如岭上云"，大概正合我站在他的故居前的心思。前者，有故居在，他便可以独自归来；后者，有故居在，便有我们怀念的情思。

流年似水，一晃十七年过去了。只是人去院空，不知潘老五一家现在情况如何，他们会搬到何处。

34　晋江会馆

　　林海音在北京居住多年，故居应该有多处。如今硕果仅存的，只有南柳巷晋江会馆一处。其实，说故居，也谈不上。1931年，林海音的叔叔因抗日被日本鬼子在大连杀害，她的父亲去大连收尸后回来气愤不平，吐血而亡。林家家境日渐败落。母亲领着全家八口，住在晋江会馆北房靠西头的两间屋子里。因为是晋江老乡，免收房租。那时候，落难的林家日子过得很是清苦。没有这样一段日子，大概也就没有日后林海音的《城南旧事》。

　　2005年的夏天，一个雨后的下午，我第一次去晋江会馆。小院里三棵老槐树落满一地如雪的槐花，非常夺人眼目。那是林海音住在这里时就有的老槐树。这半个多世纪以来住房紧张，住在这里的老街坊、新邻居却没有嫌这三棵老槐树碍事，砍掉它们，腾出地方，搭建小房。想起我童年住过的老院粤东会馆，也曾经有三棵清代留下来的老枣树，可惜后来为了盖小房，都砍掉了。

　　那时的街坊真是热心肠，不仅容忍了我冒昧的打扰，各家在家的人几乎都出了屋，七嘴八舌地和我这个陌生的闯入者聊起天来。他们很骄傲，因为林海音是从这个院子里走出来的作家。林海音的小说，

南柳巷晋江会馆林海音故居 Ruxing 2021. 7. 18.

南柳巷晋江会馆林海音故居

他们没看过，但根据小说改编的电影《城南旧事》，他们都看过。他们纷纷对我说起，1990年和1993年，林海音两次回到这个院子里的时候，拉着老人站在大门口照相。"在台湾澳门香港的报纸上发表文章的时候，都配了这张照片。"

住在当年林海音一家那两间北房的老街坊，指着他们的房子对我说：你看这房顶的老瓦还都在，房子已经漏雨。房管局好几次来人要帮我们修房，我们都没让他们修，一修就得把房顶挑了，房顶的老瓦就没了，铺上水泥顶，还能看出来当年晋江会馆的老样子吗？林海音再回来，还能认识她们家吗？

我连连夸赞他们：你们保护晋江会馆有功啊！他们连连摆手说：要说保护，得说我们院里的王大妈，原来大门上有晋江会馆的匾额，是她老人家给收了起来，一直放在她家的床铺底下，这么多年藏得好好的，没让人给砸了。说着，他们带我来到西厢房边上的小院落里，一块两米多长、半米多宽的木匾竖着立在那里。木匾用塑料包着，足见街坊们的细心。我打开塑料，"晋江邑馆"四个黑色的颜体大字赫然在目，虽然经过一百多年的岁月剥蚀，木料已经老化，有地方甚至木质疏松，但字迹还是那样清晰，铁钩银划，很有力量。我想给这块老匾照张相，街坊们忙帮我把匾抬到院子中央，说这里宽敞些，光线也好些。

前两天的一个早晨，重访旧地，南柳巷已经重新整修过，院落外墙涂饰一新，每个院子的大门旁，多了一个用水泥雕塑成的门牌号，颇有点儿艺术味道。街面也整洁了许多，几个老人坐在院子门口乘凉，小巷清净，烟霭蒙蒙，仿佛回到当年林海音住在这里的年月里。小时候的林海音，倚着门口看骆驼、看疯女人、看胡同口唱梨花落耍着铜锣卖酸梅汤的小贩。好像她正放学回家，从小巷口跑过来，用化石顺着别人家的墙上划，一直划到自己家门口。

晋江会馆大门紧锁，大门两侧，多了晋江会馆介绍和"西城区文物保护单位"的牌子。晋江会馆原来有40号和42号两个大门，按照旧时的格局，大门应该在42号。进42号门，是一溜两面高墙相夹的过道，然后是真正的院门。2005年来时，门旁还残存一个老门墩。进这个院门之后，左手有一座影壁，影壁后面有一扇月亮门，月亮门里才是晋江会馆的四合院。如今，42号最外面的门还在，但深深的过道已经被堵死，42号已经名存实亡。会馆介绍和文物保护单位的牌子，只好勉为其难地挂在40号院门旁。这应该是后开的门，北京老四合院都是有讲究的，怎么会紧挨着正房横空出世开一扇院门呢？

我只能在外面张望，幸好，北房顶的老鱼鳞瓦还在，紧挨着院门的那两间北房，就是林海音的家。院里的三棵老槐树还在，长得更高了，枝叶窜出了院墙。正是槐花盛开的时候，一树槐花如雪，让我想起2005年来时的情景。

十六年过去了。站在院门外愣了会儿神，想起十六年前见到的那些素不相识的老街坊们，让我心存忘不了的感动。在这里，林海音离我那么近；在这里，文学比在书店和图书馆离普通人更近。

35　安徽会馆戏楼

　　终于在后孙公园北面的一条往西弯曲的窄胡同里，找到了安徽会馆。这是李鸿章在同治七年到十年（1868—1871）改建的。

　　会馆颇具规模，东西和中路有三大庭院，每个庭院都是四进院落，并有夹道相隔。最北面是它最辉煌的地方，花园和戏楼都在那里，这两样重头戏，一般会馆里绝对没有。如今花园没有了，但戏楼还在，新涂饰朱红大漆的双步廊悬山顶，在一片灰瓦中浮露出来，煞是醒目。

　　街人指着一个大白铁门告诉我：你使劲敲，里面有人。

　　我"嘭嘭"地使劲敲，果然出来一个人，是个五十来岁的汉子。问清我的来意，真不错，不仅替我开门，带我参观，还外带讲解，和善而温情。

　　这是后门，从碧玲珑馆到中间供奉祖宗佛仙的楼阁，到戏楼，再到最前面的客厅文聚堂，四座建筑依次排列，正门应该是在南面，是百姓的大院了。戏楼是中心，里面装修一新，舞台是二层，上层可以悬制布景，看台也是二层，四周围栏镂空，墙上有雕刻图案，一直到舞台的两侧，颜色簇新，刚刚完工不久。看起来，比阳平戏楼还要气派！

那汉子陪我走上二层的舞台，让我摸摸墙上那新装饰的鲜艳图案，然后撇了撇嘴。我伸手一摸，竟然是石膏贴上去的，轻轻一抠就掉。

戏楼早已整修完工，却一直大门紧锁。窄小的胡同，车进不来，进来了也没处停，无法如湖广会馆的戏楼一样对外开放。偌大的戏楼，像是穿上了新嫁衣的老姑娘，要想嫁出去，一时也难。许多事物就是这样，颓败下去容易，再铸辉煌，却是按下葫芦起了瓢，伤着骨头连着筋，不那么简单。

36 阳平戏楼

阳平戏楼是明末就有的老戏楼，现存的"醒世铎"匾额，是明末的书法家王铎所书，可作为佐证。阳平戏楼建在阳平会馆里，在会馆里建戏楼，是老北京一大独特景观。如今的北京城，这样的戏楼还存有安徽会馆、湖广会馆和正乙祠里的老戏楼，但后三座都是清代的，历史年头无法和阳平戏楼比。

阳平戏楼更为独特的是，舞台三面不用隔扇，而是有佛龛门的洞门，壁板上有精美彩画。它体量大，还完整保留着戏台三层，有十二檩，上有天井，下有水井，规模与格局在民间戏楼中绝无仅有。天井可悬制大型布景，水井一可以做水彩戏，比如《水帘洞》，二可以防洪，三唱戏有水音儿，可谓一举三得，是阳平会馆的一绝，那三座清代戏楼无法比肩。

有一阵子，刘老根大舞台占据了阳平戏楼，还占据了整个阳平会馆。这真的让人匪夷所思。自然，阳平戏楼的辖管者，翻修并养活阳平会馆和戏楼，都需要一笔持续的费用，便将历史中积淀下来的文化资源的开发价值，如此理所当然地以眼下的商业价值交换。这即使不是一种近视和廉价的出售，怎么说也是不对等的。

作为北京硕果仅存、历史年头最老的一座民间戏楼，国家级的文保单位，经历了这么多年的艰辛努力和翘首期盼，不演出我们传统的京剧或昆曲，却摇身一变为刘老根大舞台，唱起东北的二人转，总让人觉得拧巴。巴黎的红磨坊是专门演出时尚大腿舞的，而维也纳的金色大厅是专门演出新年音乐会的，让红磨坊的时尚歌舞到金色大厅里，让新年音乐会改到红磨坊去，能够吗？对得上榫子吗？

如今，刘老根大舞台已经退出阳平戏楼，但曾经光怪陆离的闹剧，毕竟让阳平戏楼蒙羞。而且，现在的阳平戏楼处于荒芜阶段，大门紧锁，不知日后命运如何。我几次旧地重访，却已经烧香找不到庙门。忍不住想起阳平戏楼那块"醒世铎"匾额，铎是古时做法事和战时用的大铃，意在希望阳平戏楼能够有借古鉴今的警世功能。这是先人对我们的告诫，我们不该撂爪就忘，忘记了这一点。

37　广和楼

广和楼是家老戏园子,明朝就有,叫查楼。新中国成立以后,在原址新盖起了水泥高楼。广和楼离我家很近,出西打磨厂西口,往南拐进肉市胡同,走不了几步就到。那里白天演电影,晚上演戏,主要演京剧。我在那里面看过好多场电影和戏,却从来没带父母到广和楼看过一次戏。他们自己也没去过,舍不得花钱吧。

1972年冬天,我从北大荒回北京探亲,突然想尽尽孝道,在广和剧场买了几张票,晚上带父母去那里看戏。那天,演的是革命样板戏《红灯记》,钱浩亮、袁世海、刘长瑜都出场了。母亲大概看不大懂,我看见父亲不停地给她讲解着戏中的内容。这是他们头一次到这里来看戏,也是最后一次。

那天,下着挺大的雪。戏散之后,肉市胡同里的灯很暗,地上的雪很滑,他们老两口互相搀扶着,还在说着刚才戏里的事,显得津津有味,一直边说边走回家。

第二年的秋天,父亲在前门楼子后面的小花园里打太极拳,一个跟头倒地,送到同仁医院,脑溢血去世。

38　前门老火车站

前门火车站，建于光绪二十九年（1903）。一出火车站，迎面第一眼看到的就是前门楼子。这个场景曾经让多少人感慨。电影《青春之歌》里的林道静，小说《第二次握手》里的丁洁琼，走出火车站，望见前门楼子，都觉得无比感动。历史上，孙中山、鲁迅等伟人和名人，也是从这个火车站到的北京，他们走出来是不是也望了望前门楼子，也这样感动和感慨，就不大清楚了。

1959年，在崇文门东建立新火车站之后，这里渐渐凋败。很长一段时间，货运的火车还在这里。那时候，货场的水泥高台上，有半个篮球场、一个篮球架子，无人问津，寂寞地待在那里。它就像前门老火车站一小段忘记切除的盲肠，或者说像是火车站最后的垂死挣扎，希望自己有一点可以发挥的余热。我和大院的伙伴常去那里打篮球，享受着它的那一点余热。那里成了我们的乐园。我常常到这个篮球架子下打篮球，一直到1968年离开北京去北大荒。

转眼几十年过去了，幸运的是前门老火车站还在，变成了铁路博物馆。只是火车站重要的标志——钟楼的位置变了，它原来在火车站南侧，现在像变魔术一般，跑到北侧了。这是因为二十世纪六十年代修地铁时，南侧的建筑被拆，为保留钟楼，把它移到北侧去了。当初英国人帮助建这个火车站的时候，考虑到如果钟楼放在北侧，和前门楼子会发生审美上的重合，破坏美的协调和平衡。这是基本的美学原则。可在现实面前，美从来都是脆弱的。

每一次到那里，都忍不住想，当初，前门火车站不仅借景于前门楼子，更是与北面的明城墙和南面的护城河连为一体。火车轰隆隆地驶出站台，一边是巍峨逶迤的明城墙，一边是波光潋滟的护城河，在世界上任何地方，能够找到这样拥有独到历史味道的火车站和铁道线吗？

39　劝业场

如今，在新建的一片北京坊中，劝业场被装修一新。

当年，劝业场和王府井的东安市场、菜市口的首善第一楼、观音寺街的青云阁，并列为京城四大商场，名气曾经冠盖京华。陈宗蕃先生在他的《燕都丛考》中说它"层楼洞开，百货骈列，真所谓五光十色，令人目迷"。由于是西洋式建筑，有着那个时代西风东渐的痕迹。

劝业场的建立和发展，和清末民初的时代变革密切相关。戊戌变法之后，清政府不得不实行一些维新之举，学习日本，全国各地先后新添劝业道和劝工局的设置，其宗旨是"振兴实业，发展工商"。当时，除了北京，天津、成都等地，都先后建起了中西结合的商业大厦，而且都取名叫做劝业场。如此雷同的名字，和时代契合，如同建国初期人们起名多叫"建国"或"建设"一样，涂抹上了那个时代鲜明的色彩。

北京的劝业场建于清末，经历两次大火之后，1938年才恢复了元气，在原来三层的基础上加盖了一层，又在楼顶开辟了屋顶花园。在四层，主要是增加了一个叫"新罗天"的剧场。道教里三十六天最高一层，称之为大罗天，号称天玉清境，剧场取名"新罗天"，正是蕴含了这样的美意。唐诗人王维曾有"大罗天上神仙客"的句子，取的都是吉利的意思。劝业场增添了娱乐功能，还从天津的义记公司购买了厢式电梯，每层安装了防火的消防器，开辟了天平门。这在当时都是现代化的新潮玩意儿，来看热闹的人络绎不绝。直到新中国成立初期，我还看到过天平门上闪着红灯的醒目指示牌。

劝业场离我家很近，十来分钟的路程。过前门大街，进西河沿，就到了它的后门。我是那里的常客，主要是去那里玩。放学之后，或是星期日，溜到那里，楼上楼下疯跑，躲在大柱子后面、各个店铺里，和小伙伴们玩捉迷藏，那里是我的免费的游乐园。民国时期有竹枝词："放学归来正夕阳，青年仕女各情长，殷勤默数星期日，准备消闲劝业场。"虽然说的是大一些的学生，但和我们那时候的情景很相似。

记得那时候，游艺场和新罗天都还在。游艺场有架冬瓜演滑稽、郭筱霞说梅花大鼓、郝寿臣说相声、连阔如说评书。新罗天白天是鸿巧兰等人演评戏，晚上刘宝全说京韵大鼓。鸿巧兰那时候和喜彩莲、小白玉霜号称京城评戏三大名角儿。刘宝全一人单挑整个舞台，和白天的大戏抗衡，足见他的魅力。可惜，兜里没钱，从未进过游艺场。

记忆中，劝业场留给我童年最初的印象，是我刚上小学不久，姐姐给我的一支钢笔的笔帽怎么也拔不出来了，我便拿着钢笔来到劝业场。当时，进后门有高高的台阶，台阶的两侧有一些小店，修钢笔的店铺就在靠右手的一侧。那个师傅接过钢笔，划着一根火柴，让火苗在笔帽四周绕了几圈，然后，又点着一根火柴，接着在笔帽四周绕，然后就那么轻轻用手拔了一下，笔帽就出来了。也没跟我要钱，就把钢笔递还给了我。当时，我觉得特别奇妙，觉得像看魔术一样。后来四年级学了自然课，知道这不过是热胀冷缩的原理。当时，我怎么那么傻！

那时候，一楼二楼都是卖东西的，前后分为三个大厅，一层的每个大厅里，中间围成一个圆形的柜台。楼上是围合式的，一圈跑马廊，廊的栏杆是铁艺镂空的那种，商铺又是敞开的。所以，无论你站在哪里，楼上楼下一目了然，熙熙攘攘，人影幢幢的。小时候，特别觉得整个劝业场就像一只编制精致又巨大的鸟笼子，人们就像笼中的鸟在来回地飞，琳琅满目的货物就像花枝一样缤纷地招摇。

记得有一个星期天，警察带着一个流氓犯，站在二楼的廊栏前示众。那个被称作流氓的是个小伙子，弯腰低头，警察在宣读他的罪行。一楼所有的人都像鸭子一样仰着头观看，二楼三楼的人都把头探出栏杆观看。除了商贸、餐饮和娱乐，劝业场还有了这样一种政治的功能，抹上了那个时代的特色。

新中国成立前后，是劝业场最发达的时期。那时候，首善第一楼没有了，青云阁沦落了，京城四大商场便只剩下劝业场能够与东安市场抗衡。相比较的话，劝业场的体量没有东安市场大，但多了一点儿洋味儿。在我的记忆中，劝业场虽然几经更名，但一直到二十世纪八十年代初，依然是红火的。那时候，我的孩子快要上小学了，我还专门到那里给他买过衣服之类的东西，还买了一双出口转内销的小皮鞋，羊皮，式样新颖，见到的人都问在哪儿买的。劝业场成了一个和现在的新世界一样挂在人们嘴边的商场。有一阵，那里很流行卖出口转内销的东西和罗马尼亚的进口家具。

劝业场有前后两门，正门在廊坊头条，比较宽敞，但我觉得没有后门漂亮。后门立面是巴洛克式，下有弧形的台阶，上有爱奥尼亚式的希腊圆柱，顶上还有拱形阳台、欧式花瓶栏杆和雕花装饰，包子的褶似的，都集中在一起，小巧玲珑，有点儿像舞台上演莎士比亚古典剧的背景道具。尤其是夜晚灯光一打，迷离闪烁，加上从前门大街传来的市声如音乐一般起伏飘荡，真是如梦如幻。

40　六联证章厂

六联证章厂，在西河沿老街上。如今，这条老街基本被拆除殆尽，在老街东口，建起了一片灰色的楼群，取名叫北京坊。老街刚刚开始拆的时候，我赶去寻找六联证章厂。

寻找六联证章厂，是因为我的姐姐。她十五岁那年找到的第一份工作，就是在这个六联证章厂里做各种徽章。用一种叫做烧蓝的东西，类似亮晶晶的碎玻璃渣子，贴在徽章的模子里，用酒精喷灯把它烧化后，凝固在徽章上面。姐姐做的就是这样的活，计件算钱，她一天头也不抬，能做两百多枚徽章，一个月能拿上几十元工资。算起来，做一枚徽章只能赚一分钱。那时，父亲每月工资是七十元。姐姐的钱，对于当时生活拮据的家，帮衬作用很大。

那天上午，我是从西河沿西口进去的。街对面的宣武门东河沿已经拆得一片狼藉，一条当年槐荫掩映的胡同，只剩下街口所剩无几的破房子。房子旁边搭起了帐篷，住着拆迁的工人，一副要大干快上的样子。正乙祠前也是一片狼藉，脚手架和水泥砖瓦，遮挡住一半的路。我心里暗惊，西河沿成了工地，已经被腰斩了一半，不知道六联证章厂还能不能幸存。在街上，一连问了好几位街坊，他们都摇头，都没听说过六联。一直走到街中间，快到中午吃饭的时候，看到一位蹲在地上倒花盆里的土的老爷子，心想，他岁数老些，兴许知道。便问他：知道六联吗？他问我：六联是干什么的？我说：是家证章厂。他一听证章厂，眉头微微一挑，问我：你找它干什么呀？我告诉他：我姐姐当年在六联工作过……他接着问：你姐姐叫什么名字？

他有些奇怪地看着我。我也有些奇怪地望着他，心想：怎么问这么多？看来我们两个人的好奇心碰在一起了，命中注定，我是问对人了。他站起身对我说：我爱人以前就是六联证章厂的，你去问问她，兴许还能知道你姐姐呢。说着，他拎着空花盆走到街对面一间临街的房子前，我不知道是跟着他进去好呢还是不进去好，进去会不会有些冒昧。他回过头来，见我还站在那里，热情地招呼我：来呀！

进了屋子，蜂窝煤炉子上坐着锅，呼呼地冒着热气。老太太躺在床上。老爷子招呼着：有人问你们六联证章厂。老太太从床上站了起来。这是一个高高个子的老太太，六联证章厂，让她来了精神，遥远的往事和日子，是伴随着青春一起逝去的，也在这一瞬间回溯到了眼前。她仔细告诉我六联的具体位置，还告诉我，西河沿有好几家证章厂，她在其中好几家干过，要说最大的，还得数六联和红旗证章厂；要数年头老，就得数六联了……

我看见她浑浊的眼睛里闪着光，心想，说起六联来，姐姐大概也会是这样子吧。接着，她问我姐姐的名字，可惜她没听说过，或者记不得了。她问我姐姐多大年纪了，我告诉她七十多了。她说她今年七十整了。我一再感谢了她，走出门时，她还在对我说，那时她们赶做了一批又一批的中苏友好纪念章……

按照她的指点，很容易就找到了六联。路南的一座二层小楼，门脸不大，我走进去，楼后面有一个院子，也不大，楼上楼下都住满了人家。别看不大，却是当年西河沿最大的一家证章厂。我听姐姐说，之所以叫六联，是因为六个资本家当时联合办的这个厂，是六个小资本家。娘去世的时候，六个小资本家每人拿出一点儿钱给姐姐，说家里出了事，你才这么小，把钱拿回家，添点儿力吧。这件事，姐姐总忘不了。

幸亏我去得早，要不再也见不到六联证章厂了。

41 联友照相馆

鲜鱼口，一条比大栅栏历史还要久的老街，前些年被整治一新，变成了北京小吃街。在街南力力餐厅和通三益的位置，以前有座二层小楼，是联友照相馆。力力餐厅和通三益干果店，以前都不在这里，在前门大街东侧。

正好是中午，站在这个位置上，阳光直泻下来，照得我一身汗珠淋漓。通三益门口东侧吹糖人的小摊边围着几个外地人。我心里想，他们谁会知道这里原来是一家照相馆呢。又想，即便知道了，又能怎么样呢，一条老街，跟一个人一样，如今都时兴整容，觉得整过的容貌，比爹妈给自己的面庞要好看。人们的审美观和价值观，就这样天经地义地发生着变化。

十多年前，我到这里的时候，联友照相馆的二层小楼还在，只不过变成了一个洗印照片的商店，破旧不堪，门可罗雀。我走进去，询问店员联友的历史。店员的岁数和我差不多大，知道的事情比较多，他告诉我，联友好多年前就不再是照相馆了，但还归照相器材公司管，后来勉强经营洗印照片业务，现在就等着迁拆，看以后怎么安排了。

记忆中鲜鱼口联友照相馆

我问他：没有可能再把联友照相馆恢复起来吗？他摇摇头说：大概不会。然后对我说：你知道现在照相馆不好经营，都改影楼了。你看前门大街上的大北照相馆，以前多红火呀，现在行情也差多了。

他说得没错。我知道，这只是我的一厢情愿。也许，只有住在这附近的老街坊，对联友照相馆才有这样的情感。

在北京照相馆的发展历史上，第一家照相馆，是光绪十八年（1892）开设在琉璃厂的丰泰照相馆。对比丰泰，联友的历史没有那么长，它是民国后期开张的。但是，对于鲜鱼口这条老街，它却是第一家具有现代味道的店铺。自明清以来，鲜鱼口是以鞋帽铺为主的老街。那时候的鞋帽都是手工制作，是传统农商时代的产物，照相馆可是洋玩意儿，它的出现，无疑给鲜鱼口老街带来点儿维新的感觉。这感觉，就像前门大街1924年新建起的专门经营西药的五洲大药房，那种颇有洋范儿的大钟楼，和它世界味的店名"五洲"，带给人们不一样的味道。五洲和联友前后脚开店，颇有些与时俱进的意思。

和这位老店员聊天，他告诉我，联友的位置是原来的会仙居。会仙居是现在天兴居炒肝店的前身。会仙居开业在同治元年（1862），是地道的老字号，一直经营炒肝，生意不错。现在有名的天兴居是1930年前后开的后起之秀。只不过最后的竞争中，后来者居上，会仙居被天兴居吞并。会仙居的地盘出让之后，将原来的二层小楼改建了联友照相馆。

在鲜鱼口老街上，我一直以为联友照相馆多少有些鹤立鸡群的感觉。这倒不是因为它是舶来品，它依托原来会仙居二层小楼的格局，并没有过多的改造，起码没有像五洲大药房那样立起一个欧式的钟楼来。它的门脸不大，只是多了一个橱窗，里面陈列着几张照片而已，其中有的照片用彩笔上色，显得那么鲜艳，又那么地不真实。从我家穿过兴隆街过小桥路口，走进鲜鱼口，一路都是卖点心卖百货卖鞋帽甚至卖棺材的传统老店铺，偏偏它不卖东西，而是为你服务，当场还拿不走照片，得等几天之后才能够取得。这让小时候的我对它充满好奇，也有几分期待和想象。

那时候，对于普通家庭而言，照相还不普遍，除了照证件照，或者照全家福，一般不会去照相馆。我和弟弟有生以来照的第一张照片，是在那里照的。那是1952年，生母去世后，姐姐为了担起家庭的重担，远走内蒙古去修铁路。临走的时候，姐姐带着我们到联友照了一张全身照，为的是特意照上我们为母亲戴孝穿的白鞋。那一年，我五岁，弟弟两岁，姐姐不到十七岁。

以后，姐姐每一年回家，总会带我和弟弟照一次相，每一次都是到联友照相馆照的。在前门一带，照相馆并不止联友一家，起码，在前门大街东侧有大北照相馆，西侧有中原照相馆，劝业场的三楼也有照相馆，但是，姐姐只选择联友，便也连带着让我对联友多了一份由衷的感情。同时，还有重要的一点，是那三家照相馆立足于前门外，都晚于联友。大北尤其晚，它是1958年由石头胡同迁到前门大街上的。如今，其余几家照相馆都从前门一带消失了，硕果仅存，只剩下了大北一家。每次路过大北的时候，总会不由自主地想起联友。

记得最后一次到联友照相馆照相，是我读到高二那一年，也就是1965年的冬天。第二年，"文化大革命"就来了，一切都乱了套，我和弟弟分别去了青海和北大荒，姐姐再回到北京，看到我们姐弟三人分在三处，远在天涯，来去匆匆之中，只剩下了伤感，失去了照相的兴趣。

姐姐八十大寿那年，我去呼和浩特看姐姐，看见她家写字台的玻璃板底下放着一张照片，很长，是姐姐把那时每次回来探亲的时候和我及弟弟照的那一张张合影洗在一起，像是电影的胶片一样，串连起了我们童年和少年的脚印。想想，是从1952年到1965年十四年里照的照片。那是我们姐弟三人的一段记忆，也是联友照相馆的一段断代史。

心里明镜般地清楚，如果不是刚刚在姐姐家看到这如糖葫芦般一长串的照片，我也不会想起到鲜鱼口来。只是，联友照相馆已经不在了。十多年前，它还在呢，这么快，像梦一样消失得无影无踪。

站在中午热辣辣的阳光下，站在遥远却清晰的记忆深处，眼前忽然晃动起这样一幅画面：每一次姐姐带我和弟弟到联友，照相之前，姐姐都会划着一根火柴，燃烧一半时吹灭，用火柴头儿剩下的那一点点碳的灰烬，为我和弟弟涂黑眉毛。照相的师傅总会看着我们，耐心

地等姐姐画完，然后微笑着招呼我们过去，站在他那蒙着黑布的照相

机前。

想起了纳兰性德的一句词：一片幽情冷处浓。他说的是芙蓉花。

我想的是联友照相馆。

42 天蕙斋

大栅栏里，天蕙斋是家有意思的老店。这是一家老鼻烟铺，满北京城，说鼻烟铺，天蕙斋得拔头一份。

天蕙斋开业在道光年间，原名叫聚兴斋，庚子年，八国联军一把火，聚兴斋紧跟着大栅栏一起葬身火海。后来它在原地重建，为去晦气，将聚兴斋改名为天蕙斋。显然，天蕙斋这个名字要比聚兴斋好。将鼻烟之香比作天香，有古诗的味道。

老北京的好多玩意儿，有的很奇怪，却成为北京人的宠爱，鼻烟和豆汁，可以称为"怪味双豆"。清末民初，一两上好的鼻烟，居然相当于当时一袋四十四斤洋面的价钱。梨园行里的人，对鼻烟特别情有独钟，天蕙斋是他们常去的场所，边闻鼻烟，边聊天说事或说戏，是一种享受。据说，要是找哪位演员，在别处找不到，到天蕙斋一逮一个准。天蕙斋成了京剧名宿们的另一个舞台。当年，为感谢天蕙斋，杨小楼、余叔岩和梅兰芳曾经联名赠送匾额，上题"香妙心清"四个大字。

我对天蕙斋的认识，来自我们大院里的老孙头儿。老孙头儿是个英文翻译，家里常有外国人来，在他家里，有我们院里唯一的一台小电风扇和一架打字机，都是那时的稀罕物。别看他一派洋范儿，老伴孙老太太骨子里却很传统，老两口算是中西合璧，一辈子相安无事且恩爱有加，东风西风，彼此吹拂，并不是非要谁压倒谁。孙老太太固守的传统之一，就是爱闻鼻烟，即使已经患病卧床不起，依然坚持要闻鼻烟。

老孙头儿常打发我们小孩子去买鼻烟，点名一定得去天蕙斋买。我们拿着钱，像是拿着令箭一样奔向大栅栏。买回来鼻烟找的零钱，老孙头儿不要，让我们拿去买糖吃。那时，我们一帮馋嘴的半大孩子，特别愿意老孙头儿站在他家高台阶上，招呼我们去天蕙斋买鼻烟。

"文革"一开始，我们大院里，老孙头儿第一个遭殃。我们院里一位小学老师带领着她学校里一帮屁大点儿的孩子，号称红卫兵，抄了老孙头儿的家。在老孙头儿家翻出鼻烟壶，倒出里面的鼻烟，小孩子不懂是什么东西，这位老师却高喊：这是美国的炸药。她在老孙头儿家里刚抄出一罐奶粉，墨绿色的铁皮罐头，她认出上面的"USA"字样，认定一准儿都是美国炸药。

老孙头儿长寿，孙老太太禁不起这么折腾，"美国炸药"事件没过多久，就过世了。

天蕙斋，店深门瘦，门前的台阶很高，一级级迤逦到地面。在大栅栏，和同仁堂和瑞蚨祥这样的大店铺相比，人家的门面像是高大威武的将军，它的门面真的像是一位瘦骨伶仃偏又穿着一袭长旗袍的骨感美人，那旗袍就是它高高的台阶，那一褶褶曳裙拖地的样子，至今留在我的记忆里。

43　泰山永和六必居

　　泰山永是家油盐店，在我们大院的斜对面。六必居在大栅栏边的粮食店街。两家离得不远，卖的东西差不多。大多数时候，大院的街坊们去泰山永的次数更多些，毕竟近便。有意思的是，买芥菜疙瘩，街坊们到泰山永说的是买咸菜，到六必居说的是买酱菜，一字之差，透着人们看人眉眼高低的心思。小时候，芥菜疙瘩是大众的看家菜，无论六必居还是泰山永，每斤都卖七分钱。好多街坊，买芥菜疙瘩，还是愿意多跑几步道，到六必居。

　　老北京的酱菜园，有老酱园、京酱园和南酱园之分，也有京酱园、南酱园和山东屋子之分。如果以后者的划分为依据，六必居属于京酱园，开业于明嘉靖九年（1530）；南酱园的代表是西单的天源，开业于同治八年（1869）；山东屋子是山东人开的，它的代表是铁门胡同的桂馨斋，开业于乾隆年间。如今，这三家老酱菜园，还在原址营业的只有六必居。我们大院对门的泰山永，1958年变身为大食堂，所有的街坊们都到那里吃饭，以后成了住家。人们买酱菜，只能到六必居。

　　六必居留给我印象最深的，是童年时在这里买过一次酱佛手，非常好吃，也非常好看。几十年过去了，去过多次六必居，再没有见过酱佛手。前两年，六必居整修之后重新开业，说是有新品种亮相，专程赶去，看看会不会有酱佛手出现。转了一圈，没有发现，只看见芥菜疙瘩已经是八元一斤了。

44　珠市口

过去，珠市口的十字路口，被人们称之为"金十字"，有"道儿北"和"道儿南"之分，醒目地区分着贫富和雅俗。

从清朝到民国，好的店铺，都在珠市口以北；好的戏园子，也都在珠市口以北。那时有钱的主儿，可以到"道儿南"的天坛城根下跑马踏青，射柳为戏，是断然不会到"道儿南"的天桥去看戏的，虽然天桥也有不少家戏园子、落子馆。《啼笑因缘》里，到天桥听沈凤喜唱大鼓书的樊家树，是落魄穷酸的文人。

这样说有些绝对，起码我是不大以为然的。珠市口南，有开明剧院，是当时刚从意大利回国的建筑师沈理源先生设计的罗马风格的现代剧场。当年，梅兰芳就是在这里为印度大诗人泰戈尔演出了《洛神赋》，并没有掉价儿，相反把泰戈尔感动得一塌糊涂，当场在纨扇上题诗赠给了梅兰芳，一时间轰动京城，传为美谈。

还有城南最大的教堂，也在道儿南。这座哥特式的大教堂，鹤立鸡群，可以称之为珠市口的标志性建筑。小时候，我没少到教堂去玩。二十世纪七十年代，教堂成为崇文区夜大的教室，作家母国政在那里任教，我曾经到那里找过他。后来，教堂改成了绸布店，结婚

珠市口老开明戏院

前，我到那里买过做被子的缎面布料。五颜六色的绸缎布料，和五颜六色的教堂玻璃相互呼应，成为有些荒诞的画面，像是舞台上错置混搭的布景。

珠市口南，还有一座宫灯场，车间大门四敞临街，一眼能看见里面大红灯笼横躺竖卧。我找过当时在那里工作后来成为诗人兼画家的寇宗鄂，也曾经到它旁边的崇文区文化馆，找过正在办崇文区内部文学杂志《春雨》的郁德生。那是一座带有洋味的二层小楼。北京剧装厂也在珠市口的路南，琳琅满目的剧装，凤冠霞帔，绚烂似锦，辉映在童年和少年时的记忆里。

那天，特意又来到珠市口，中轴线上一条意义非凡的老街，随日月变迁而变化的痕迹真是很大。明显变化的建筑，是岁月变迁的参照物。忽然看到一辆公共汽车从身边驰过，是23路，才想到也有亘年不变的事物，23路公共汽车就是不变的一种。我小时候，它就在这里东西穿梭，是我乘坐次数最多的公共汽车。它像是珠市口的一块活化石，如今依然如故，不趋时势，不易身姿，和珠市口不离不弃。

45　花市大街

好多年没去花市大街了。这一次去，天下着蒙蒙小雨。

花市大街，在明朝时候叫神木厂街。明朝建北京城的时候，工部设立了五大厂，内城一个即台基厂；外城四个即大木厂（朝阳门外）、黑窑厂、琉璃厂（宣武门外）和神木厂。工部派人到四川伐树，见有大树如神，格外敬畏而加以供奉，便把这些运到北京的木料当做神木堆放在这里，神木厂街由此得名。更名为花市大街，是清以后的事情了，那时一条街到处是做和卖纸花、绢花、绒花的店铺。人们对给生活带来实惠的假花的喜爱，已经超过对神木的崇拜了。每一个时代，都有一个人们所崇拜的对象。我读中学的时候，几乎每天上学都要走这条街，那时，还能看见一些卖假花的店铺，不过是零星的几家。人们所崇拜的对象，又已经发生了变化。

那时候我都是走着上学，省下每月两块钱的月票钱，好买书或看电影，每天要走半个小时到校。那时，西口路北，有家花市电影院，五分钱一张学生票。还清晰地记得当年下午逃课跑到这里，看玻利维亚电影《珍珠》和苏联电影《白痴》，看半天也没看明白，那莫名其妙的忧郁，和走出电影院时朦胧夜色中渐起的晚雾一起弥散。

　　路北的火神庙，是花市大街最老的建筑物，明隆庆二年（1568）建的庙，曾经香火鼎盛，庙会最是闻名京城。当时有民谚说："逢三土地庙，逢四花市集。"土地庙指的是宣武下斜街的庙会，花市集说的就是这里的火神庙庙会。不过，我上中学的时候，庙会已经没有那么热闹，到后来基本看不到了。火神庙前面和四周盖起好多民房，把庙几乎淹没了。

　　火神庙东边有一家邮局，挺大，新建不久。读高中的时候，我有一个女朋友，在北航附中上学，我们偷偷地通信，通了整整三年，几乎一周往返一次，一直到高三毕业。每一次，在教室里写好信，到这里的邮局买一个信封，再买一张四分钱的邮票，贴好，把信、也把少年朦胧的情思和秘密的心事，一并放进立在邮局墙边绿色的大邮箱里。然后，愣愣地望着邮箱，望半天。仿佛投进的不是一封信，而是一只鸟，生怕它张开翅膀从邮箱里飞出来，飞得无影无踪。现在想起来，那样地可笑！

　　如今，火神庙还在，邮局早就不在了。

46　百顺胡同

1919年，郁达夫来北京，写了《己未都门杂事诗两首》，写八大胡同中的三条胡同，一首写谭家潭，一首写百顺和胭脂。写百顺和胭脂的是第二首：

> 惯闲宰相尽风流，百顺胭脂院院游。
>
> 一夜罗衾嫌梦薄，晓窗红日看梳头。

诗是讽刺当时"宰相"之类的要人与时事。之所以将百顺和胭脂两条胡同合在一起写，是百顺的特点所致。在八大胡同这一片，唯独百顺最为笔直，也较其他胡同要宽许多。胡同中间有两座洋楼，鹤立鸡群，让这条胡同一下子风生水起，有了跌宕和高潮，有了弧度和线条。其他胡同和别的胡同都有交叉，显得像是出现的疤或疮，百顺紧靠着珠市口西大街，只有东口前路南有很短的一条小巷可以通向大街，这条胡同就是胭脂。很明显，胭脂胡同是为造访百顺的来人提供方便，避免走大栅栏而穿街走巷的嘈杂。这大概是为了那些"宰相"之流的达官贵人想出来的周全之策吧。

郁达夫虽然是南方人，但对北京是熟悉的，起码实地走过，方才窥得其玄机，一笔勾连起百顺和胭脂。八大胡同中，百顺聚集一等妓院多，也是"宰相"们愿意来此风流的一个原因吧。那天，我拿着自己画的百顺地图，对照着方位找这里最出名的潇湘馆的位置。一位八十多岁的老爷子走过来，问我找什么地方，我说找潇湘馆，他指指我身后的小院子，告诉我这就是潇湘馆。我有些惊讶，院门很小，实在够破的，暗红的木漆斑斑驳驳，似半老徐娘脸上脱落的脂粉。心里暗想，如此破败凋零，真够糟蹋潇湘馆这个名字的了。难怪当年吴宓先生看见饭馆取名叫潇湘馆，气就不打一处来，找到饭馆的老板，请老板一定得把这名字改过来。

想想，一百多年前，这里却是"惯闲宰相尽风流"之地，不觉哑然。

47 黄鹤楼

　　黄鹤楼，是胡同名，如今提起，很少有人知道了。它是一条东西走向的窄胡同，位置在现在的崇文门外大街磁器口的东南角，清末民初逐渐形成，在以前不过是一片洼地，一条荒芜的旧河道而已。民国二十二年，即1933年，在《北平地名典》上，才有了这条胡同的名字，最早叫做黄河沿，后来改名叫黄花院。民国陈宗蕃先生所著的《燕都丛考》引当时《顺天时报丛谈》说，这里"推源溯本，盖仍蓄有河漕通运之意"。说得没错，旧时有河水从这里流过，从附近的胡同名称东河漕、西河漕就可以看出。

　　后来，很长一段时间，这里叫黄鹤楼，这是那时的黑色幽默，名字听着不错，其实是破烂不堪的贫民窟。所谓黄鹤楼，只是胡同西口一座二层的小木楼而已。十多年前，我去那里，这座木楼还摇摇欲坠地立在那里。

　　其实，除了鹤立鸡群的这座小木楼外，周围矮屋一片，曾经是三四等妓女之娼寮。弹丸之地，竟然出现过十四家三等妓院和十三家四等妓院，是和八大胡同对应的两极。别看都是下等娼寮，却有一户门前刻着这样一副门联："图书存汉魏，礼乐备周秦。"一直存在于新中国成立后很久，和黄鹤楼胡同名的称谓，倒是很合拍。越是潦倒之地，越是附庸风雅，也算黑色幽默吧。

我有一个朋友，家住在这条胡同。他告诉我，街坊们流传最多的是这样一则传说：天桥著名的跤手宝三的一个徒弟，爱上了胡同东口小木楼里一个天津妓女，历尽磨难为其赎身，终于喜结良缘，颇有点儿好汉燕青和李师师的意思了。传说真真假假，但有人说是确有其事，如今已经无从可考。从中可以看出，住在这里的人和这些妓女相处得不错，都是被人踩在滋泥里，处于底层，为了混碗饭吃，便相互帮衬着，让这块原来荒凉的地方，涌动着低贱却旺盛的生命力。

实际上，那时候是一种回光返照，烟花柳巷已经走进尾声。1949年11月21日的夜里，以罗瑞卿为总指挥的指挥部，开始了全市封闭妓院的统一行动。黄鹤楼和八大胡同一起，连同蔓延在中国土地上千百年的娼妓制度，从此进入了历史，成为了历史中的一个名词。

1965年，黄花苑改名为新生巷，新名字里时代的意义不言自明。一条胡同的生与死，死与生，便是这样相辅相成。前些天，我去了一趟那里，新生巷的牌子还在，胡同已经没有了。北侧是一片拆迁后空置多年的空地，南侧则是一座粉红色的楼。碰见一位老街坊，他告诉我，前些年那座二层小木楼还在，然后指给我看，位置就在现在扩宽的崇文门外大街上。阳光晃眼，有些恍惚。

48　怡香院

怡香院在陕西巷，二层木楼，光绪庚子时，名妓赛金花在此地艳帜高张。我去过那里多次，每次去，都跟做贼似的，匆匆一瞥，便赶紧落荒而逃。院子里的老太太总会冲我喊，像赶鸟一样把我赶出来。也难怪，不少人知道那里是以前赛金花住过的地方，想到那里怀思古之幽情，无端打扰了人家的宁静，是有些讨厌。

那天，我接到一个电话，是我过去在中学教书时教过的一个学生，有小三十年没见了。他对我说：听说您想要仔细看看赛金花的怡香院，我们家现在就住在那里，什么时候您来，我陪您好好看看。真是太巧了，我高兴地和他约好，立马就赶了过去。

怡香院坐东朝西，从七扇窗户来看，楼上楼下应该各有七个开间。我一直不知道它的房间到底有多大、里面的格局到底是什么样子，这回算是如愿以偿。我的这个学生的家住在二楼的第三间，进了房间，看见他家占据了一个半窗户。一问才知道，楼上原有三扇门，两侧的门各占两个开间，中间的门占三个开间，也就是说，中间这三间房是客厅，两边的房间是卧室，他家住的是客厅的一半。他对我说：我以前还开玩笑对我爱人说，会不会咱们住的就是以前赛金花睡觉的屋子呀，看来不是了！然后，他拉我出来看门上面的窗户，一层楼七扇青砖券式的窗，果然，南北两端的窗和第三、第五扇窗，比第二、第四和第六扇门上的窗稍矮一些，证明了他的判断。

每个开间都不算小，长约五米多，宽约三米半，全部铺有暗红色地板，他家地上一半还铺着那种地板，当年赛金花日日踏在上面的。地板之间虽然裂开的缝隙很大，但依然很结实，当年的红色还在，只是色泽愈发沉郁，将日子都踩进木纹之中了。墙上居然还保留着墙围涂饰的蓝色花纹，是江南蜡染布那种蓝色和花样，让我禁不住生出联想，暗红色的地板是洋味的，蓝色的花纹却是中国的，赛金花当年把一座怡香院整治得中西合璧，是她的审美，也是她的梦境。

学生的爱人就出生在这里，只不过不是楼上，而是楼下。新中国成立之后，怡香院成了北京市皮革公司的宿舍。楼下的房间整个是连通着的，像是一个轩豁的大厅，地上铺着的都是暗红色的大理石，和楼上的地板色调一致。说着，她带我到楼下看看。听说是学生的老师来了，楼下的街坊们都门户开放，出来的老太太个个慈眉善目，笑容满面。其实，有的老太太我已经见过多次。暗红色的大理石地板都还在，只是石内的白色沙粒磨得显现出来，像米粒般闪烁。房顶很高，足有四五米，圆形雕花的灯池都还在，那样地清晰可辨，完全是西洋味道的。可以想象那时枝形吊灯一亮，流光溢彩，宽敞的大厅里能开舞会的场面。

走出屋外，老太太们指着廊前的铁柱子、房檐下的挂檐板、垂花柱头间的花楣子、卷草花饰的雀替和我说：一百多年过去了，还是那么漂亮。她们介绍说，闹地震那年，把南北的两扇山墙换成红砖，墙体壁柱和门窗的券式四周，全部还是青砖红砖组合，青红相间，格外别致。我们中国一般讲究青砖灰瓦，从来没有青红相间砖体结构，看得出，是和传统中国式的建筑不尽相同，洋味十足。学生的爱人补充说：原来门窗的玻璃都是彩色菱形的呢。我想在光绪年间，这应该是属于超前的了。我看到在一楼顶端有一整排用刀工雕刻的壁画，是我来过多次都没有的新发现。房柱雕刻的都是西洋的建筑、花坛、小洋楼和水榭，还有对称交颈的天鹅；而连接房柱的地方，雕刻的都是传统国画风的花卉。由于年头久远、风吹日晒和烟熏火燎，画面都已经发黑，但那雕刻的刀痕还很明显，逸笔草草，简洁生动。赛金花毕竟和洪钧一起出使过欧洲，见过世面。当时的西风东渐，将西洋的建筑风格带进京城，改造着清末妓院建筑的传统格局。

老太太们告诉我，地震那年，皮革公司重新砌山墙的时候，也想把楼上的房间和走廊一起翻修一下。工人锯开走廊的第一根柱子，看到柱子外面的木纹脱落，裂开了大口子，可里面的木头还是那样新、那样结实，就没敢再锯。我说：他们做了好事，要是全锯了，都翻修了，就不是怡香院了。学生的爱人说：只是把柱子和门窗全都涂上了绿颜色，其实，以前都是暗红色，和房间里整个色调是统一的。她接着指着房门对我说：小时候，中间的房门前还有两个大石狮子，下面有九级高高的台阶，台阶两旁斜斜的石头特别光滑，我们常常拿它当

滑梯滑着玩。说完，她转过头问老太太：是不是，奶奶？老太太说，

两边的房前也有这样的簸箕台阶。她指着门前露出的一块青石板对我

说：你瞅，这就是，这院子后来地面垫高将近两米，台阶都埋在下面

了。学生的爱人说：石狮子也埋在地下面了。我对她说：埋下比拆了

的好！

49　菜市口南

　　老同学搬家到广安门外，为祝贺他的乔迁之喜，去他家聚会。回来的时候路过菜市口，特意下车转了转。我已经很久没有到这里来了。这一转，看到这里变化实在不小。路南大吉片一带围上了围挡，一个叫做中信城的商业楼盘，将要取代这一片自明朝就有的密如蛛网的胡同。紧邻它们的东侧，是米市胡同，也已经一片狼藉。据说就在米市胡同旁边，将要打造一条北京的传媒大道。城南的变化，真的是日新月异。

　　忽然想，这里和传媒真是有渊源，北京最早的传媒发源地就在这里。如今新名词唤作传媒，原来叫做报业，大小不一的报纸、杂志，就兴办在这些长长短短的胡同的皱褶里。有统计说，从清末到1949年新中国成立之前，有四百余种报刊先后开在这里。我粗粗算了一下，从1900年中国第一家白话文报纸《京话报》开始，到1919年李大钊创办的《少年中国》止，有七十四家报刊在这里激荡风云，为辛亥革命、五四运动推波助澜。看着眼前尘土飞扬的建筑工地，遥想当年，真是有种"别来沧海事，语罢暮天钟"的感觉。

　　从米市胡同穿过，又转回到大吉片的保安寺街，就像当年朱自清过保安街时看到物是人非，有些恍惚，说"只好在街上站一会儿出出神而已"，我也站在那里出了出神儿。春暮的杨树在飞花，阳光有些刺眼。

50　报房胡同和报市胡同

琉璃厂原来有一家荣禄堂，是北京第一家南纸铺。有纸张才会有报业，城南报业发达，多少和它有关。办荣禄堂的是山东人，当初最早办报房（这是报社最早的称谓，叫报馆和报社是以后的事了）的也是山东人，同为老乡，乡谊与买卖联谊，近水楼台，彼此受益，开创了报业的先河。

当初，好多家报房都开设在铁老鹳庙胡同里，这里离琉璃厂很近。后来报房越来越多，人们索性把这条胡同叫做了报房胡同。那时报房一个紧挨一个，如同包子的褶儿，密密的样子，大概像今日有些街巷的发廊或饭馆一样吧。报纸编出来、印出来了，得卖出去，当初报刊的集散地在南柳巷的永兴寺，北京城所有的报刊都是从这里送到东西南北的，南柳巷便叫成了报市胡同。创办和垄断发行的，也是山东人。报纸兴办的前贤后俊，不是北京人，都是山东人。过去总说山东人在北京开绸布店、当厨子的多，看来不见得呢。南城报业的这一现象，我一直觉得很有意思，不知道是否有人专门研究过，是否得到过什么答案。

如果说当初这里和巴黎的左岸一样，曾经是文化重地，如今却几乎没法想象了，破旧的胡同和错落的高楼大厦，切割得历史和记忆有些飘忽。当初这里的报业风光无限，从这里喷发出纸墨的芬芳和自由的声音，不仅让北京城惊讶，也让全中国惊讶。只要想想在后孙公园里的安徽会馆里，康有为、梁启超办的《中外纪闻》；在香炉营胡同，孙中山办的《北京民国日报》；在米市胡同，陈独秀、李大钊办的《每周评论》；在魏染胡同，邵飘萍办的《京报》；在棉花胡同头条，林白水办的《社会报》；在丞相胡同，孙伏园办过的《晨报》；在方壶斋胡同，张恨水办过的《新民报》……就会让人感慨当年春笋怒发一般的生机和生气。

如果再多想一点儿，在五道庙办的儿童画报——《启蒙画报》，在羊肉胡同办的妇女日报——《北京女报》，在铁老鹳庙胡同办的选摘类报纸《选报》……都是中国第一份，拔了头筹，开了风气之先，在中国报刊史上有着不可抹杀的一笔。区区北京城南弹丸之地，竟然有如此多的报刊争奇斗艳，那么多的文化人在此云集，让思想和文字撞击出火花。想当年，走在这里，没准儿瞅不冷子就可能和鲁迅、李大钊、孙伏园、张恨水抬头不见低头见呢。如今，报房胡同还叫报房胡同，报市胡同，却没有人再这么叫了。前几天，我到南柳巷看林海音故居，顺便看了看它斜对门的永兴寺，院子里已经空荡荡，只有一个人坐在房檐下看手机。谁会想得到，这样破败也并不宽阔的院子，当年却是报纸发行的风云之地，北京所有的报纸都在这里集散，无数个报商和报贩，每天早晨都要汇集在这里，然后如群蜂涌出蜂巢，飞散到京城各地。

51 法源寺

法源寺是唐代的寺，唐时叫悯忠寺，历代都有重修，雍正时改名为法源寺。现在看法源寺，里面面积的大小和建筑的格局，和以前比变化不大。多年前，它的外面被一片密如蛛网的胡同和层层叠叠的房屋包围，如同卷心菜里的那一团菜心。

清《顺天府志》里说："贞观十九年（646），太宗为征辽阵亡将士所造。其地为唐时幽州镇城东南隅子城东门之东也。"也就是说，唐时的悯忠寺是在城门外的东侧，那时候的悯忠寺在城外，它的前后应该比现在还要开阔。

唐景福元年（892），重修悯忠寺，僧人南叙在《重藏舍利记》中写道："大燕城内，地东南隅，有悯忠寺，门临康衢。"康衢即大道，从贞观年间到景福年间，经历了近二百五十年的时光，悯忠寺前大道朝天，还是十分开阔。

《元一统志》中记载，悯忠寺在蛤蟆河北岸。也就是说，元时悯忠寺前面是有河的，应该也是很开阔的。

悯忠寺前不再开阔，逐渐被密麻麻的胡同遮蔽在新盖起来的大小四合院后面，是到了明朝修了外城、清朝南城一带的商业逐渐发达起来以后。商业的发达，必然带来人口的密集、房屋的增多，时至今日，也是如此。不过，只要想一想，这样规模宏大的寺院，能够被胡同和四合院淹没，也绝非一日之功，足以见到时间的力量。显然，人们现实生存的问题，要比对神祇的膜拜更重要一些。每一次，我到法源寺都是从牛街那边走过来，一路穿过好多纵横交错的胡同，这样的感觉就更为明显。

由于拓宽了南横街，拆掉一些破败的院落，如今的法源寺庙门前开阔了许多，开辟了小广场，新种些树木花草，有种街心花园的味道了。这种新式广场花园，搭配一座古老的唐寺，有种时光错位的感觉，似乎并不十分协调。唐代悯忠寺前有过一条康衢大道，元代悯忠寺前有过一道宽敞的蛤蟆河，历史曾经的痕迹，无法弥补，无法再现，只能在我们的想象里去填充了。

52　草厂三条

草厂一共有十条胡同，我一直对草厂三条怀有深深的感情。

三条中间路西，住着我的一个发小儿，叫黄德智。那是一座典型的四合院，门楼顶上有砖雕和彩绘，大门上有漂亮的门联，写的是：林花经雨香犹在，芳草留人意自闲。透着不俗的气派和年头悠久的气息。

黄德智家以前是殷实的买卖人家，"文革"期间，他们全家被赶出这个漂亮的小院，搬到斜对面院子两间逼仄的小房里。我去北大荒的时候，他被分配到肉联厂炸丸子，我从北大荒回来后，他还在那里炸丸子。他写一笔好书法，是从小练就的童子功，足可以和那些书法家媲美。可是，英雄无用武之地，他照样只能炸他的丸子。我到他的车间找过他。看着那一口直径足有两米的大锅，和在热油中沸腾翻滚的丸子，我笑他：你天天能吃炸丸子，多美呀！他说：美？天天闻着这味道，让人直想吐。

那时，我们是一样地怀才不遇。我在一所郊区的学校里教书，业余时间悄悄地写一部叫做《希望》的长篇小说，每写完一段，晚上就到他家去念。那时，我们都还没有结婚，有的是时间凑在一起彼此倾诉和聆听。他就坐在那里听，一直听我把那部冗长的三十万字的长篇小说读完，从春雨霏霏一直到大雪茫茫，听了足足一年多。每次听完之后，他都是要对我说：不错，你要写下去！然后拿出他写的字和字帖，向我讲述他的书法，这就轮到我只有听的份了。我们既是上场的运动员，又是场外鼓掌的观众，虽然到最后我写的那部长篇小说《希望》，也没给我们带来什么希望。

总想起那些个难忘的夜晚，窄小得只能放一张床、一张小桌和一把椅子的屋子里，我坐在床上，他坐在椅子上，面对着面，能听到彼此的鼻息和心跳。我们就这样一个朗读着，一个倾听着，一直到夜深时分。他那秀气而和善的母亲推门进来，好心地询问着：你们俩今儿的工作还没完呢，明天不上班去了吗？他母亲长得白白净净，说一口地道的北京话，很和蔼客气。小时候到他家，赶上夏天，她给我酸梅汤喝。那是我第一次喝酸梅汤，是她自己熬制的，放了好多桂花，上面还浮着一层碎冰碴儿，非常凉爽、好喝。

告别的时候，黄德智会送我走出他的小院，一直送到寂静得没有一个人的三条胡同的北口。我穿过翔凤胡同，一拐弯儿，就到家了。那条短短的路，总让我充满喜悦和期待。

前几年扩路，将草厂三条拆去了西边的半边房子。我赶去那里看，和街坊们聊天。那时候，黄德智的母亲和妹妹还住在东边那两间小房里，隔着墙，居然听见我在胡同里说话。老太太冲着她闺女说：外面说话的这人是不是肖复兴呀？你给我把他叫进来。我进屋去看她，她已经病重卧床。黄德智搬家后，我好久没有到这里来了。看着还是那么白净却已经消瘦的老太太，一阵心酸。她在这条胡同里生活了一辈子，看尽了它的起伏盛衰，最后和草厂三条一起走到了尽头。

新的草厂三条宽马路修得的时候，她老人家过世了。

53 草厂头条

　　草厂头条的广州会馆里，住着我小学同班的一位女同学。她白白净净，长得像个瓷娃娃。她姓麦，名叫素僧。本来姓麦的在北京就少，还叫素僧，这个名字很奇特，隐含着父母一辈人的文化密码。当时，老师点名点到她时，都会停一会儿，头从点名册中抬了起来，望了望答"到"的这个女孩子。

　　我们好几个同学私底下猜测，是不是她家信佛呀？但问起来，她说她家并没有人信佛。也许，她说的不是实情，或者她还小，弄不清大人的事。

　　说来好笑，就因为这个素僧的名字，让我对她生了好感。有一次，她生病没来上课，老师发作业本时问：谁放学回家顺便能把作业本带给她？我回答说：我。因为她家住的广州会馆离我家很近，那是一个槐荫匝地的小院，宁静的样子和她的名字很相称。只是，那次我把作业交给了她家的保姆就回家了，根本没有见到她。

　　四年级的时候，学校组织演出，最后选出来的节目要去芦草园的少年宫表演。本来选好我和她一起演《小放牛》的。《小放牛》里的牧童要吹笛子，正好我会，老师才选中我。我自然很高兴，可以和她边歌边舞一番了。谁想到，演出前，老师让另一个男生顶替了我。我对这件事一直耿耿于怀，到现在还记得这个男生的名字。他们演出的时候，我特意跑到少年宫看，觉得那个男生演得一点儿都不好，笛子吹得也不如我，心里居然醋兮兮的呢。

十八年前的夏天，为写《蓝调城南》一书，我经常到草厂那一带窜。在草厂头条，我找到了当年麦素僧的家。那里很好找，对于我来说是轻车熟路，可是，那个叫广州会馆的大院早已拆掉，盖起了高楼。老街坊告诉我，麦素僧初中毕业就随父母一起回了广州，那里是她的老家。

54 万全堂

万全堂是一家老药铺，当年，和同仁堂、鹤年堂和千芝堂，并称为京城四大药铺。

万全堂开业在康熙年间，乾隆二十一年（1756）和乾隆三十三年（1768），曾经两次失火，却是火烧旺运，旧地重建之后生意兴隆。它的门脸很堂皇，店门前有高高的台阶。它开在崇文门外路西巾帽胡同南，往胡同里面走是马连良旧宅，高台阶下是原来的8路公共汽车站。

那时候上中学，如果乘车，我要从家里走到这里坐车，天天和万全堂打照面。如果赶上下雨，便跑上台阶，到它的房檐下避雨。门外正中间的万全堂的匾额，左右两侧用楷书写着"万全堂乐家老铺精制饮片丸散膏丹仙胶露酒"的金字通天大匾，每次路过那里，都晃着我的眼睛。"遵古炮制，选药精良"，是万全堂的古训，也是它历经沧桑而生意一直兴隆的要义。

万全堂中，还有一副抱柱联，很出名，写的是"修合无人见，存心有天知"，讲的是医德，我觉得说我们学习读书也适合，可以做为我们的座右铭。读书，也是一种修合，不是给别人看的，也不是为别人读的，读书人的德性，心知书知，天知地知。我非常喜欢这副抱柱联，曾经带我要好的朋友专门去万全堂看。

印象最深的，是1959年在崇文门外拍电影《青春之歌》，看热闹的人特别多，因为站在万全堂的高台阶上面看得清楚，我和好多人挤到上面。那时候，崇外大街上，还有有轨电车，我看见谢芳扮演的林道静站在电车上在高喊着什么。那大概是万全堂门前从来没有过的壮观场面了，因为没过几年，"文革"一来，它大门前的那两块通天匾被锯成了一截一截。1992年建新世界商厦，占了它的位置，彻底见不到它的影子，万全堂终于像梦一样消失了。

55　天　桥

　　天桥，属于上一代人，属于老北京城。它的鼎盛时期，是在清朝之末和民国之初。民间艺人聚集在这里，渐渐形成了平民百姓的娱乐场。我小时候，赶上个天桥的尾巴。那正是新中国成立初期，以前的格局变化不大，大多还是地摊，顶多围个棚子。要各种把式的，都是先练后招呼要钱："有钱的您帮个钱场，没钱的没关系您别走，您帮个人场……"我们一帮小孩子便是这种帮人场的主儿，免费看了许多玩艺儿。

　　我不大爱看宝三摔跤，尽管宝三很出名，而且，他也不怎么出来。我最爱看的是拉洋片，几分钱看一次西洋镜。特别是拉洋片的站在板凳上唱，唱的第一句开篇词，几十年过去了，总也忘不了。"往吧里边再看喽，这又是一大片……"韵味悠长，鼻音尤重，仿佛总在耳边响。有个同学跟我一起去，冲我开玩笑说："他唱的头一句'往吧——'，我怎么听是'王八'呀，你往里边看，不成王八了？"

　　再有，就是爱看变戏法的。变戏法的是胖子和胖女人两口子，那时，他们也就四十来岁的样子，虽然搽着胭脂，却怎么看怎么像老头老太太。女的公鸭嗓，沙哑地在一旁煽风点火吹呼着，男的穿长袍大褂，嘴上和女人应和着，手里不住忙乎着，一会儿从袖子里变出一把扇子，一会儿从大褂里变出一对鸽子……好像他那大褂里藏着无穷无尽的宝贝，怎么变也变不完。最爱看的是他和女人逗几句贫嘴，然后骑马蹲裆，往后一退，一撩大褂，立刻从裤裆之下变出一大玻璃缸活蹦乱跳的金鱼来。虽然每每看到最后都是这老一套，每次依然惊呼大叫。

长大后，我在清人《都门杂咏》中看到《戏法》一诗："海碗冰盘善掩藏，能拘五鬼话荒唐。偷桃摘豆多灵妙，第一工夫在裤裆。"便止不住想这一对胖艺人，总觉这诗像是专门为他们俩写的一样。

二十世纪七十年代后期，我从北大荒回北京不久，夏天的一个下午，过金鱼池往西，快走到天桥十字路口，忽然看见路北一个小院的大门口，站着一个老头和一个老太太，都是胖胖的，各人手里都拿着一把大蒲扇扇着风凉。我一眼看见，觉得怎么那么像天桥变戏法的那一对胖夫妻。他们就住在天桥附近？我不敢相信，走近几步，仔细再看，没错，就是他们两口子。

已经过去了四十来年了。天桥还在，那些耍把式的地摊没有了，2015年，在那里建起了一座叫做天桥演艺中心的大剧场。天桥成为一个历史的名字，包子皮还在，馅已经完全变了。

56　杨梅竹斜街

　　北京城里，好多条老胡同进行了改造。对比以前的拆，不管改造得好坏，总比拆要好。杨梅竹斜街是改造得比较好的一条老胡同，起码比南锣鼓巷要强。南锣鼓巷改造得过于新潮，杨梅竹斜街老味道保持得多些，还有不少原住民在那里生活，没有把他们连锅端，都赶到六环以外，也没有将他们的住房都变换门脸，涂饰一新，打造成各种小店铺，然后卖些大同小异的东西。这条老街，还保存着烟火气息。

　　夏天，我在杨梅竹斜街，一处院落一溜长长的灰色外墙的房檐下，看见晾晒着一排颜色各异的衣服。晾衣绳搭在两扇窗户之间，这是这户人家的后窗，正好临街。这些衣服，有大人的，有小孩的，有男人的，有女人的，还有内裤和胸罩，都是夏装，颜色很鲜艳。从衣服的颜色和样式上可以猜出，这是一家三口的年轻人家庭。

　　街头晾衣服，在国外很难见到，是中国城市才会有的特色，而且是北方胡同、南方里弄才有的特色。上海的里弄里，衣服搭在两楼之间窄小的空间，顶着灿烂的天空，万国旗一样在头顶迎风飘动，艰辛生活中的活泼和自得，别有一番家长里短的风情。

　　没有风，杨梅竹斜街的这些衣服没有飘摇，一动不动，像是一幅画一样，定格在那里。黑乎乎的后窗，像一对眼睛，死死地盯着它们。阳光很强，一面灰墙，闪着反光，让每一件衣服都晒得挺热，甚至烫人。

　　一个年轻的女人，手牵着一个五六岁的小姑娘，走出院门。两人都穿着漂亮的花裙子，鲜亮的颜色，有意和晾晒的那一排衣服争奇斗艳。

57 陕西巷

有一年冬天，我陪着芝加哥大学的宝拉教授去看八大胡同。在陕西巷，一户人家的窗台上放着一溜儿冻柿子，个头儿一般大小，像排队一样，敦敦实实、整整齐齐地蹲在那里。橙黄的柿子，画龙点睛一般，让一条暗淡的陕西巷有了亮色。

陕西巷有赛金花的怡香院和小凤仙的云吉班，而且，香宅小楼都还在。那天，很显然，宝拉对冻柿子更感到新鲜。

冻柿子，确实是北京冬天的一绝。表面模样没变，但在数九天寒风的作用下，柿子冻得梆梆硬，里面的果肉都冻成了结实的冰块儿。在北京所有的吃食里，只有冻酸梨能和它有一拼。如果水果和人一样也有性格的话，那么，冻柿子的性格，特别像那些在朔风呼啸的冬天里跳进冰河冬泳的人。

冻柿子必须要用凉水拔过才能吃，否则根本咬不动。凉水和冻柿子都是一样冰凉，凉碰凉，竟然相互渗透，彼此化解，像石头和石头碰撞出火花一般，发生了神奇的反应。等柿子外面结了一层透明的薄冰的时候，凿碎薄薄的冰茬儿，柿子就可以吃了。小时候，家里的大人买回来冻柿子，我和弟弟就迫不及待地用自来水管子接来满满一盆凉水，开始拔柿子。蹲在地上，看着凉水中冻柿子的变化，像看一出大戏。我们等待着它的高潮出现，那高潮我们早已经知道，就是柿子的外壳出现那一层薄冰。等了老半天也没见动静，最让我们心急如火。

终于，柿子的外壳渐渐地被凉水拔出了一层薄薄的冰，这个场景，每一次都会让我们异常兴奋。柿子皮像纸一样薄，几近透明，里面的肉，已经变成了糖稀一样粘稠。咬开一个小口，使劲儿一嘬，里面的果肉像汁液一样流淌出来，很自觉地顺着嗓子眼儿滑进肚子里，冰凉，转而热乎，甜甜的，有一丝丝香味儿，真是一种奇妙无比的感觉。现在想想，有点儿像奶昔。北京人形容吃这种柿子和吃柿子的样子，叫做"喝了蜜"。

吃到最后，如果还只剩下咬破的那一个小口，其他地方没破的话，我会用嘴对着这个小口使劲儿吹气，能把柿子皮吹得鼓鼓胀胀，像一个小皮球。对着阳光照，薄薄的柿子皮被映照成橙红色，阳光像水一样在里面流淌。

我将这些告诉宝拉，她很惊奇。我又告诉她，北京有这样的讲究，入九那一天吃一个冻柿子，然后，每一个九的第一天吃一个冻柿子，一直吃到九九冬天的结束，可以防治咳嗽。

原来是这样！她更是惊讶地睁大了眼睛。

其实，这很平常。冬天，寒风呼啸的日子里，没吃过喝了蜜的冻柿子，谁还能称得上是北京人呢！

58 青云胡同

在青云胡同，没有见到一个人。这条胡同的一半要拆迁，胡同两旁的院子里，几乎没有了人家。断了烟火气的胡同，清静得很，能听见自己脚步的回声。一切显得不那么真实，好像走在旷野幽谷里。

胡同拐角处，忽然看见电线杆上绑着一个篮球筐，球网的穗子还很新，红白相间，飘荡在风中。我猜想，一定是哪个爱好篮球的孩子把球筐绑在这里，电线杆子成了球架，因地制宜，放学之后，可以在家门口玩会儿球。胡同里长大的孩子，谁的童年没有这样的运动？

看球筐绑在电线杆子上的高度，玩球的得是大孩子，起码上了中学。绑这样一个球筐的孩子，得穿耐克篮球鞋和篮球背心。别看没辙儿只能将就住在窄小破旧的胡同里，一身行头可不能将就，得有点儿NBA的范儿。

寂寞的球筐下，听得见唰唰球进筐的声音，砰砰球落地的声音。如同电影里的空镜头，幕后回荡着清亮的回声。

以前，我小时候，在这样的胡同里，是和同学一起踢足球。两个书包，各码一头，就是球门。

那时候，胡同拐角处，有一块石碑，上面刻着"泰山石敢当"。

59 东兴隆街

东兴隆街是明朝就有的一条老街。《顺天府志》里说："今草场胡同东有平乐园、南北官园、贾家花园等名，皆昔时园亭遗址。"可见曾有过一时花园繁茂的鼎盛。现在，东兴隆街已经没有了。新修的祈年大街南北横穿，拦腰截断了东兴隆街，连带四周翟家口、豆谷胡同、官园胡同、阎王庙街等好多条胡同，都没有了。那里除了被祈年大街占领，就是被新盖的新怡家园所占据，只留下李莲英的私宅，孤零零地夹在高楼之间，原来的东兴隆街东口，变成了新世界商厦。

1974年底，我的一个中学同学刚从北大荒回到北京不久。我比他早回来一年多，在一所中学当老师。他待业在家，一时没有找到工作。为了生计，他每天黄昏时候卖晚报，一份报纸能赚一两分钱。虽然钱少，也算有个营生，有个进项。

那时，他家住东兴隆街，我家住西打磨厂，两家挨得很近。每天放学之后，没事的话，我会和他一起跑到东兴隆街东口卖报。前面是崇外大街，马路对面是花市大街，交通要道，来往的人多，报纸好卖些。我的嗓门儿比他大，使劲儿吆喝着。他的力气比我大，一摞报纸死沉死沉的，大多抱在他的怀里。

有一天，突然刮起了大风。抱在怀里的报纸，被风吹跑几张，他想上前追风中飘飞的报纸，怀里的报纸一张张又被风刮走，像张开了翅膀的小鸟，纷纷扬扬地落在街头的角角落落。我们两人赶紧跑过去，弯腰一张张地捡报纸，却是顾此失彼，捡到这一张，眼瞅着又刮走了另一张，按下葫芦浮起了瓢，狼狈不堪。

正是下班的时候，很多路人上前帮助我们，把散落在街头的报纸一张不少地捡起来，递在我们的手中。

以后，我听说过，因为风的缘故，车上曾掉下来苹果、牛仔裤甚至人民币的事情。好多次，都被路人捡走，并没有物归原主。我们怎么那么幸运，东兴隆街居然给予我们这样的温暖，莫非因为我们是它的老街坊，从小在它身边长大？

很多次路过新世界商厦，它巍峨矗立的地方就是以前的东兴隆街东口，却再也看不出老街的一点儿影子了。再想起当年在这里卖报的情景，觉得不那么真实似的，好像并没有真正发生过。

60　崇文门菜市场

北京城里，原来有四大菜市场最出名，分别是西河沿菜市场、西单菜市场、东单菜市场和崇文门菜市场，分别把着北京城的东西南北四角。菜市口菜市场和朝阳门菜市场是后建的，属于后起之秀。人们想要买点儿新鲜别样的蔬菜，买点儿活鱼活虾鲜肉，一般会到这几家菜市场去。

崇文门菜市场，位于崇文门外，紧把着东打磨厂东口的北边。崇文门城楼还在的时候，它就在城门楼子的眼皮底下。它的门脸很宽阔，大门前，有个宽敞的小广场。二十世纪八十年代中到九十年代初，每年十一前后，一直到入冬之后，每天傍晚天刚擦黑的时候，崇文门菜市场前的空场上，就会有人支起一口大锅，拉起一盏电池灯。这个人是我在北大荒的一个荒友，也是北京知青。那时，他刚从北大荒回到北京，待业在家，就干起了糖炒栗子的买卖，是首批卖糖炒栗子的个体户。每天这时候，自己一个人拳打脚踢，在那里连炒带卖带吆喝，以此来维持一家人的生计。那里人来人往，他的糖炒栗子卖得不错。他人长得高大威猛，火锅前，抡起长柄铁铲，搅动着锅里翻滚的栗子，路旁的街灯映照着他汗珠淌满的脸庞，是那样英俊。我不敢说他卖的糖炒栗子最好吃，却敢说他是卖糖炒栗子的人当中最靓丽的一枚美男。

冬天的老北京大街上，有两种小摊最红火，一种是卖烤白薯的，另一种是卖糖炒栗子的。卖烤白薯的，围着的是一个汽油桶改制的火炉；卖糖炒栗子的则要气派得多，面对的是一口巨大的锅。《都门琐记》里说："每将晚，则出巨锅，临街以糖炒之。"《燕京杂记》里说："每日落上灯时，市上炒栗，火光相接，然必营灶门外，致碍车马。"巨锅临街，火光相接，乃至妨碍交通，想必很是壮观。而且，一街栗子飘香，是冬天里最热烈、最温暖、最浓郁的香气了。

最初几年，他的妻儿还在北大荒，没有调回来北京。他卖他的糖炒栗子就更卖力气。想起周作人当年写的《苦茶庵打油诗》，其中有一首写道："长向行人供炒栗，伤心最是李和儿。"不管周氏是如何借李和儿之典来为自己当时附逆心理遮掩，单说南宋这个李和儿为从汴京来的人所献糖炒栗子而伤心洒泪，尽管二人的情况完全不同，但总觉得那种思念家人、怀念家乡的乡愁，是相似的吧。

他曾经给我打过好几次电话，让我去崇文门菜市场那里吃他的糖炒栗子。我去了，远远地站着，看着他独自一人，面对着大锅，挥舞着铁铲，像独战风车的堂吉诃德。我没敢走过去，我怕他请我吃栗子却不收我的钱。

崇文门菜市场后来被拆迁了。他的糖炒栗子的小摊也没有了。不仅没有了，连他的人也没有了，他患了病，那样早就去世了。如今，每一次，路过原来崇文门菜市场早已经面目皆非的老地方，我总会忍不住想起他和他的糖炒栗子。

61　校场口头条

　　校场口头条，离宣武门不远，是一条闹中取静的小胡同。胡同里的47号，是我们汇文中学的老学长、学者吴晓铃先生的家。初次去那里，不是为拜访双楷书屋的主人，因为吴先生已经仙逝，为的是看他家小院里两株老合欢树。

　　专门找夏天合欢花盛开的时候去的。合欢树长得很高，探出院墙外，毛茸茸的粉红色的花影，斑斑点点，正辉映在大门上一副金文体"宏文世无匹，大器善为师"的门联上面。那花和那字，就如剑与鞘相配，相得益彰，如诗如画，世上无匹。

　　北京城四合院里种花木的很多，种合欢树的不多，因为这花难养。北京城四合院的门联很多，这样古色古香的金文体的门联很少见。门联当年是请商务印书馆的老馆长、前清的进士孙仕题写的，自然不同凡响。"文革"期间，怕红卫兵砸，吴先生和家人用水泥把门联紧紧糊住，才保护下来。这副门联现在还能看见，算是曾经沧海了。

　　吴先生对这两株合欢颇有感情。他曾经学《红楼梦》中宝玉的做法，用合欢花泡酒，将合欢花洗净、晾干，泡在二锅头里。据说，合欢酒呈绛红色，有暗香。花入馔泡酒的，有很多；合欢花泡酒，自贾宝玉后，吴先生大概是第一人。

吴先生对老北京文化历史很关注。民国时期，逛东晓市，在杂货丛生的地摊上，他发现一纸旧布告，仔细一看，是八国联军入侵北京城时，"大美国总统带水路军提督"发布的布告。他花了一个铜板，用很便宜的价格将布告买下。如今，这一张发黄的旧纸成了文物，是八国联军侵略罪行的佐证，北平和平解放之后，曾经在故宫和历史博物馆先后展出。

都说以前逛早市、小市、鬼市，如今逛潘家园，很多人的心理，总想图个"捡漏儿"，谁能如吴先生逛个晓市，一下子就能"捡个漏儿"？那得靠眼力、学识，还有心地。如此，说吴先生"大器善为师"，一点不为过。

62 虎坊桥

　　虎坊桥是南城老街，明朝就有。虎坊的"坊"，是"房"字的演绎。在虎坊桥附近，原来还有喂鹰胡同和象来街，明朝时，这一带养虎、养鹰、养象，是皇家的饲养园，很有些威武呢。现在还在的铁门胡同，就在虎坊桥西边一点儿，是当年这一片饲养园的大门。

　　虎坊桥有个"桥"字，说明这里曾经有水。确实，明清时有河从北向南流来，皇城里的水流到宣武门的响闸处，再向东折向南，从东琉璃厂和西琉璃厂之间，一直流过虎坊桥，再到天桥，流到先农坛附近的苇塘洼地中。当时，这一带有好几座桥，东西琉璃厂之间有桥，虎坊桥南还有臧家桥。据说，2000年修两广大街，在虎坊桥这里挖出过一座石桥，虎坊桥并非名实不符。

　　有一阵子，我家住洋桥，23路和343路公交车的终点站在虎坊桥南端，出门或回家，这两趟公交车是必须要坐的。我常来虎坊桥，对这里很熟。这里是个丁字路口，往西是窄小的胡同，往东到永安路，前面是城南游艺场所在的地方，原来是新中国成立后新建的友谊医院。往东走几十米，才出现往南的路口，路口西南把角，是新建成的中央芭蕾舞剧院，再往南便是陶然亭公园。这里可谓南城的交通要道。

二十世纪七十年代末，那几年，刚刚粉碎"四人帮"，百废待兴，这里很是兴旺，人气鼎盛。每天黄昏，总会有很多小摊，热气腾腾地摆在公交车站旁边，等候下班人们的光顾，这里几乎成了小小的集市。记得那时最火的是个卖羊头肉的小摊，每天黄昏时分，都是热气腾腾。传统的小吃刚刚恢复，旧时的味道和旧时的记忆，重新回归人们的味蕾和脑海。

对于我，更熟悉、更感兴趣的是那里的光明日报社和前门饭店。那时的前门饭店里开始悄悄地在演旧京戏里的折子戏了。光明日报社门前，有一排长长的玻璃窗，里面贴着每天出版的各种报纸。每天下班后，我总要贴在玻璃窗前，把各种报纸浏览一遍。

《诗刊》编辑部也在虎坊桥。编辑部的门口也有一块大玻璃窗，每一期新发表的诗，他们都选出一些，用毛笔手抄在纸上，贴在玻璃窗里，供过往的行人观看。这种为读者服务、与读者沟通的别致法子，我以后再未见过。我曾经给《诗刊》投过一次稿，是两首儿童诗。虎坊桥公交车站前的便道上，有一个信筒，老式的，绿色的，圆圆的，半人高，我曾经不止一次往里面投寄信件，都是要贴邮票的，这一次是投寄稿件，不用贴邮票，就在信封上剪下一个三角口。有意思的是，那里离《诗刊》编辑部很近，就等于在他们家门前呢。

一天，从学校下班，路过虎坊桥这里倒车回家，看过光明日报的报栏，走到《诗刊》编辑部，看见玻璃窗前围着好多人在看，我也挤过去看，忽然觉得那上面的诗句怎么那么像我写的呢。原来，我的那两首儿童诗，居然墨汁淋漓地抄写在玻璃窗里，题目改成了《春姑娘见雪爷爷（外一首）》。题目下面就是我的名字。最后一行，写着"选自《诗刊》1978年第6期"。我的心跳都加快了，玻璃窗里那些幼稚的诗句，好像都长上了眼睛一样，把所有的目光聚光灯似的打在我的身上。

这是我第一次发表的诗，也是唯一一次，更是以这样大字墨写手抄的形式，发表在街头的唯一一篇稿子。这个街头，就在虎坊桥。

四十三年过去了，一直到现在，始终不知道发表我的诗的编辑是谁。

63 培新街

　　培新街，位于现在的两广大街南，幸福大街东。这是二十世纪五十年代末六十年代初才有的新地名，那时候在这里建起一片新房，街中间有一座五层高的大楼，据说是用建设北京十大建筑的剩余材料建的，楼体非常结实，这就是北京二十六中。它的东西两侧，分别是崇文小学和崇文区儿童医院。在此之前，这里叫火神庙。老街坊说，火神庙早已不存在了，以前这里是一片乱坟岗子。陈宗蕃的《燕都丛考》中说："自广渠门大街而南以达于左安门，均为荒凉寂寞之区，蔬圃麦畦，颓垣废冢，一望皆是。"和街坊们的说法完全吻合。

　　如果不是将二十六中迁到这座新盖的大楼里，猜想这条街不会叫做培新街。因为它的旁边不仅有崇文小学，后来在它的对面又建起了一座新的小学，索性就叫培新小学。它旁边新开辟不久的大街，起名叫幸福大街。火神庙更名为培新街，便有着它自圆其说的道理和培育新人的明确意义。可以毫不夸张地说，是二十六中带来了"培新街"这样一个新时代色彩鲜明的街名。

　　二十六中，原名叫汇文中学，这是1871年美国基督教会办的一所老校，原址在崇文门内的船板胡同，紧贴明城墙以北，最早那里也是一片荒地。1959年建北京火车站，占据了它大部分校园。1960年夏天，我考入汇文中学，报到的时候还是到残缺的原校址，秋天入学时，已经进入火神庙的新校址。学校迁移过来，只带来一座当年在"三·一八"惨案中牺牲的汇文校友唐、谢二君的纪念碑，和一口青铜老钟，再有便是一堆发黄的老照片了。校园的面积已经缩水很多，记得为了建成一个有四百米跑道的标准体育场，多方多年努力未果，成了最头疼的事情。我在那里读了初高中共六年，始终没看到体育场建成。那时候体育课中长跑，我们只能跑出校门，沿着幸福大街跑一圈，再跑回学校。一直到前些年，拥有四百米跑道操场的梦想才终于得以实现，时间却已经过了半个多世纪。

在汇文读书的几年，印象最深的是高一班主任张学铭老师。他教化学课，身体不好，从北京大学化学系肄业。以张老师的学识，教我们还在背元素周期律的高一学生的化学，是小菜一碟。除了上课，他不爱讲话，也不爱笑，脸总是绷得紧紧的。作为班主任，他管得不多，基本都放手让班干部干，无为而治。除了上课，很少见到他的身影。在我小心眼儿的揣测中，总觉得他有些怀才不遇。

那时，我是班上的宣传委员。有一次我提议组织一次班会，专门讨论一下"理想"这个话题。我想了一个讨论题目：是当一名普通的工人对社会的贡献大，还是做一名科学家贡献大。那一阵子，我们班正组织活动：跟随崇文区环卫队，一起到各个大杂院里的厕所淘粪。带领我们的淘粪工，是赫赫有名的时传祥师傅，他是全国劳动模范，

汇文中学 150 周年庆

因受到过国家主席刘少奇的接见而无人不晓。张老师听完我的提议说：很好，你就组织这个班会吧。到时候，我也参加。

班会在周末下午放学之后进行，开得相当热闹。大家刚刚跟随时传祥淘过粪，很佩服时传祥，但是，高中毕业考大学，难道上完大学，不是为了做一名科学家，而是还去当淘粪工吗？显然，当一名科学家对社会的贡献更大些。支持者说得头头是道。反对者不甘示弱，说：一室不扫，何以扫天下？没有淘粪工，生活就变得臭烘烘的了。只有社会分工不同，行行出状元，淘粪工对社会的贡献，和科学家一样大。

大家争论得非常激烈，一直到天黑还在辩论，尽管没有争论出子丑寅卯来，却是兴味未减。整座教学楼，只有我们教室里的灯亮着。说实在话，这个话题，有些像只带刺的刺猬。在当时的时代背景下，国家的领导阶级是工人，而不是知识分子，讨论这样的话题是犯忌的，但却是所有同学心里绕不过去的一道坎儿。

张老师坐在那里，一言不发，静静地听我们热火朝天地争论。最后，我请张老师做总结发言。他站起来，只是简短地说了几句：今天同学们的讨论非常好，你们还年轻，还没有真正走向社会，但你们应该有属于自己的理想，为实现这个理想，实实在在地学习、努力！他声调不高，语速很慢，我们都在等着他继续往下讲，他却戛然而止。他是欲言又止，或者有口难言吧。

走在夜色笼罩的校园里，望着远去的张老师瘦削的背影，我真想问问他：张老师，您自己没当成一名科学家，而是到我们学校当了一名化学老师，您说您觉得当了科学家对社会的贡献大呢？还是当中学老师对社会贡献大呢？我不知道他会怎样回答。

今年，是汇文中学建校一百五十周年。忍不住想起张老师，想起母校，想起那条熟悉的培新街。当时，坐车头伸出大鼻子的老式8路公交车上学，学校前面这一站，还顽固地叫做火神庙呢。

64 长虹桥

东三环长虹桥西南侧，有家日本料理餐馆，名叫"出云"。在北京，日本料理餐馆很多，这一家很普通，并不怎么起眼。我只到那里吃过一次，觉得味道一般。

想起它，是读何兆武先生的《上学记》，得知一则旧闻：一个从清华大学土木工程系毕业而后参加空军的年轻人，叫沈崇海，1937年"八一三事变"对日作战时，他驾驶的飞机被日军击中，便驾着起火的飞机直冲下去，撞沉一艘日本旗舰，视死如归，殉国时年仅二十七岁。这艘日本军舰的名字叫做"出云"。

"出云"！怎么这么巧？我立刻想起了长虹桥边这家也叫"出云"的日本料理餐馆。

当然，这仅仅是一个巧合。出云，是一个很日本化的名字。重名的现象，在历史与现实中，在各个国家，都会经常发生。我只是想，这家日本料理餐馆，如果知道这则1937年的旧闻，面对这段沉埋八十余年的历史，还会把自己餐馆的名字叫做"出云"吗？

如果历史不被遗忘，历史便会永远活着，如一株树，即使沉埋的时间再久，树变成煤层，也是能够燃烧的，起码可以灼烫我们麻木的神经。同样的"出云",经过时间的淘洗,从旗舰变为了餐馆,并不是战争与和平各自的象征写意,它只证明了世事沧桑的时过境迁之后,人们眼里看到的东西已经大不一样。当年鲜血淌满的地方,如今盛开鲜花,对应物发生了变化,"出云"的意思乃至意义,也发生了变化。

65　八面槽

　　出王府井北口，往北到灯市口西口，这段路原来叫八面槽，只有几百米，很短。据说，最早这里有八面水槽，供过往的官员饮马之用，所以取名八面槽。和当年路边有一口王府家用的水井，便叫成了王府井一样。只是，同样是水，汉白玉镶嵌着井沿的深井里的水，和饮马槽里的浅水，两种水不一样。王府井显得高端，有贵族气，八面槽却显得土气。如今八面槽这个地名已经消失了，连同南面的王府井大街一起，统统叫王府井。总觉得有些吞并的意思，好像是王府井里的水蔓延过来，吞并了八面槽。

　　八面槽，后来最出名的是路东的大教堂，很长一段时间，被周围陆续建起的民居所淹没。现在，拆除了这些房屋，教堂出水芙蓉一般又显山显水露了出来。从小时候一直到成年，八面槽给我留下印象的，不是这个教堂，是教堂南面的萃华楼饭庄，和教堂斜对面的全素斋食品店。萃华楼饭庄，经营鲁菜，老北京八大楼之一东兴楼的厨师掌勺；全素斋，清宫御膳房起底，专卖南方的素什锦、香椿鱼、笋豆、香菇、面筋。这两家，我不止一次去过。不过，印象最深的，还得数全素斋旁边的利生体育用品商店。记得很清楚，全素斋和利生之

王府井八面槽教堂

间，有条小胡同。利生就紧把在胡同的北面，这是新中国成立之后新盖的一座挺大的高楼，在整个八面槽中，它显得有些鹤立鸡群，远高过了教堂罗马式的圆顶。

小时候，弟弟爱踢足球，总磨父亲给他买一双回力牌球鞋，那是那个年代里最好的球鞋，白色，高帮，天蓝色厚厚的海绵鞋底，弹性十足，如果踩在泥土地上，抬脚一看，鞋底的"回力"两个字样会印在泥土上，花开一般，在人眼前一亮，让很多孩子羡慕。一双回力鞋的价钱，比一双普通的力士鞋贵好多。磨得父亲没法子了，咬咬牙，让他买了一双。这对父亲来说，是不容易的，在我和弟弟的眼里，他从来以抠门儿著称。我读中学的时候，他每月只给我三块钱，买公共汽车月票就要两元，我便只剩下可怜巴巴的一元钱。过春节的时候，弟弟要买鞭炮，他会说：你买鞭炮，自己拿着香去点，还害怕，你放炮，别人在一旁听响，傻小子才买鞭炮放。

那时候，回力牌的球鞋，只有力生体育用品商店卖。我和弟弟跑到那儿买回一双白色高帮回力牌球鞋，弟弟像得了宝，穿在脚上，到处显摆。父亲对他说：给你买了这双鞋，是要你好好练习踢足球，把足球踢好，也是本事，你看人家张宏根、史万春、年维泗，得好好练出人家一样的本事！

其实，那时候，父亲不懂行，我和弟弟也不懂行，这种高帮的回力牌球鞋，打篮球合适，踢足球并不合适。

很多年前，曾读过邵燕祥一则短文，题目就叫《八面槽》，写了他亲眼看到的一桩沉重的往事。日本占领北平时期，在八面槽街中心立有一个黑色的炸弹模型："尾翼翘然，见棱角，而炸弹头朝下，仿佛一触到地面，立刻就会轰然巨响，弹片与泥土瓦片纷飞，大火熊熊，浓烟滚滚，使繁华闹市陷入惊叫、哭喊，最终转为灭绝一切的寂静。这就是日本军国主义对沦陷区中国人的恐吓和威慑，以炸弹，以暴力，以死亡。"

前年，疫情尚未到来之前，夏天的一个黄昏，路过八面槽，看见利生前面的空场上，安装了一个庞然大物，高高的，高过利生的大楼和它对面的教堂。是一种游乐场里才会有的大型玩具，玩法非常惊险、刺激。我不知道它叫什么名字，只见过山车一样的车厢里坐着几个年轻人，腰间系着安全带，从地面升到最高处，然后轰然降落，瞬间落到地面，只听见下面围观的人惊叫声一片，又欢笑声一片。

忽然，想起了邵燕祥的那篇文章，想起了日本人在这里安装的那个黑色的炸弹模型。

66 来今雨轩

中山公园里，我一直觉得最美的风景在来今雨轩。它的门外有宽敞的亭台，上面罩着一个大大的铁罩棚（这是洋玩意儿，在一百多年前是独一无二的，只有大栅栏里的瑞蚨祥学它；也罩了同样的铁罩棚），四围有雕栏玉砌，栏外是一片牡丹花畦和芍药花坛，前面有青竹翠柏。春天，花香鸟鸣，分外惬意；夏天，这里有藤萝架，一片阴凉，是来这里最好的时节。坐在亭台上，望西看，有蜿蜒的长廊萦绕，让你的视线绵延远去；望东看，正好可以看到故宫端门一角，夕阳西照时分，绿树烘托中的端门那一角，一派金碧辉煌。来今雨轩选址在这里，借景的功夫了得！

中山公园的建立，要感谢朱启钤，他当时任内务部总长兼北京市政督办，有这份权力，当然，还得有这样的眼光和公心。1914年，仅仅在一个多月的时间里，就将这个已经破败的皇家园林，初步改建成人民的公园。当时，他要每个部委出一千银元资助修建公园，他自己一人就出资一千银元。这是北京城第一座公园，如果没有朱启钤，不知道要晚多少年才能在北京建成一座公园。

来今雨轩的建立，也要感谢朱启钤。他懂建筑，中国营造学社就是他创建的，来今雨轩这个名字，也是他取的。正是他的努力，一年之后，即1915年，中山公园里有了来今雨轩这样一处漂亮的新风景。因为风景漂亮，又可以在此品春茗、喝咖啡，还有中西美食相佐，所以到这里来的人很多。不少名人，比如柳亚子、鲁迅、陈寅恪、沈从文、叶圣陶、周作人、张恨水、林徽因等文人，还有秦仲文、周怀民、王雪涛等画家，都愿意到这里来。可以说，京城今昔，再没有一个能吸引如此众多的文化人的雅集之地了。前几年，画家孙建平曾经画过一幅《那些年在来今雨轩的文人聚会》的油画，这是我看到的唯一一幅再现当年盛景的画作，而且，难得的是，画的现代感胜过怀旧感。

据说，五四时期，李大钊发起的少年中国学会、中国画研究会，以及鼎鼎有名的文学研究会，都是在这里相继成立的。胡适当年宴请杜威，也是在这里；张恨水有名的京味小说《啼笑因缘》，也是坐在这里慢慢写成的。自古以来，美景都需要名人的衬托，就如同美人配英雄、名马配雕鞍、葡萄美酒和夜光杯两相映衬一样。

有大约一年多的光景，我工作的办公室在中山公园，在五色土西南侧的一座古色古香的大殿里，离来今雨轩很近。午饭时分，常到那里吃包子，来今雨轩的冬菜包子在北京十分出名，可以和天津的狗不理包子相媲美。从民国到新中国成立以后的很长一段时间里，包子馅里包着来今雨轩建立以来悠久而绵长的历史，冬菜包子几乎成了来今雨轩的代名词。

记忆中的来今雨轩

那时候，来今雨轩已经变为茶座和小卖部，不再卖炒菜和西点，中午只卖冬菜包子。有朋友来找我，中午到了饭点儿，我都是带他们到这里来吃冬菜包子，不仅物美价廉，还可以坐在亭台上看看风景。因有了历史和风景，还有记忆元素的加入，冬菜包子吃起来便不只是肉末和冬菜两种味道了。特别是想起"文革"期间，来今雨轩前面的花坛里改种棉花的奇景，会格外感慨世事茫茫难预料。再想想那时候，伴随来今雨轩半个来世纪的"来今雨轩"老匾额（当年由民国时期大总统徐世昌题写），都可以卸下来当成厨房的面板，就更会令我们拍案惊奇，觉得来今雨轩像个神奇的魔方。这算是来今雨轩的一段变奏曲吧。

我第一次到来今雨轩，是上小学一年级的时候。那一年开春，到内蒙工作的姐姐结婚，和姐夫一起回到北京，带我和弟弟逛中山公园。中午的时候，我们就是在来今雨轩吃的冬菜包子。姐夫爱照相，带来一架海鸥牌的立式照相机，他端着照相机给我和弟弟、姐姐照了好多相片。那时候，照相机还是稀罕物，见我很好奇，姐夫就把照相机递给我，让我给他和姐姐也拍一张。我拿着照相机，很紧张，怕拍不好，更怕拿不稳，把照相机摔在地上。姐夫对我说：没关系的，你按动快门的时候，憋着一口气，别动就行了。这句话，过去快六十多年，我还记得那么清楚。

那时候，家在前门，离中山公园不远，便常和大院的孩子一起到这里玩。公园内有一个室内游乐场，里面有旋转木马，五分钱玩一次。每一次来，我们都要玩一次旋转木马，玩完之后，再到假山上疯跑。玩到中午，到来今雨轩买两个包子一吃，接着疯玩，仿佛中山公园是我们的后花园，来今雨轩是我们的食堂。

长大一点，看书上介绍，知道来今雨轩这个名字出自杜甫说的"旧雨来今雨不来"。觉得这句话说着别扭，便自做主张改成"旧雨不来今雨来"，说着顺嘴，一直说到今天。反正都是说旧雨新知，这里应该是新老朋友和亲人故旧相聚的好地方。真的，在北京，这样名副其实的地方并不多见。很多朋友从外地来北京，我都愿意带他们到这里来看看。姐姐和姐夫每一次来北京，也都会带我到这里来玩，顺便在来今雨轩吃两个冬菜包子，坐在亭台上看看四周的风景。

2007年的春天，姐夫来北京。那时候姐夫已经年近八十了，他退休之后，很多年没有来北京，这一次是在孩子的陪护下来北京看病的。那时他的病已经不轻，要不，他那么要强的一个人，是不会让孩子特意请假送他来北京的。可惜，我因为车祸摔断了腰椎骨，正躺在病床上起不来，无法去医院看望，心里很内疚。和姐夫通电话时，他还在关心我的腰，连说他自己的病没有什么大事。他说这一次也没法子来看我了，过两天安顿好了，让孩子来看看我。

几天过后，姐夫的孩子来看我，带给我一包东西，打开一看，是包子。孩子让我尝尝是不是原来的味儿。我吃了一个，原来是冬菜包子。孩子告诉我，是他爸爸一定要他到中山公园的来今雨轩，买点儿那儿的冬菜包子。我知道，如今来今雨轩旧址还在，却不再卖包子了，来今雨轩的新址迁到中山公园的西边，专门经营红楼菜品，冬菜包子已经沦为附属品，只是个点缀而已。孩子人生地不熟，到中山公园能买到冬菜包子，不大容易呢。我赶紧给姐夫挂通电话，谢谢他让孩子特意去来今雨轩买包子。话筒里传来他爽朗的话声：谢我什么呀，我也想吃那里的冬菜包子了！

一年以后，姐夫去世。

我再也没有去过来今雨轩了。

67 唐花坞

小时候看花，一般到中山公园。那时，家住前门，走着去，穿过天安门广场，十几分钟就到了。

家长花五分钱买一张门票，带我到中山公园，为的是到唐花坞看花。那时候北京还没有室内植物园，另外，我的见识也少，从来没有见过其他的室内花园。因此，每一次去唐花坞，都会很兴奋，好像去参加花仙子的盛会。尤其是冬天，大雪纷飞的日子里，那里却温暖如春，会看到很多从来没有见过的花争奇斗艳，真的是感到神奇无比。

北京有这么一个唐花坞，和来今雨轩的建立一样，也要感谢朱启钤。可以说，唐花坞和来今雨轩，是朱启钤主持建成的中山公园里的双子星座。

唐花坞是扇面式中西合璧的建筑。唐花坞前的荷花池和水榭，也都是当年朱启钤主持挖的、建的。尽管有人批评水榭建得太靠里，发挥不了作用，但是，当年有这样的设计，为百年后的今天留下这样的景观，也实在是不容易了。

如今，外地游客到故宫的人多，到中山公园来的很少。北京市内所有的公园里，我爱去中山公园，喜欢独自一人到这里走走。一墙之隔的天安门广场上人山人海，这里却像是远避万丈红尘，有别处难有的清静。

每一次来这里，我都会忍不住想起上小学三年级那一年的夏天，我和同院住的小伙伴一起到唐花坞前的荷花池偷摘荷花和莲蓬。荷花摘到了，莲蓬没有够着，再探身伸手摘莲蓬的时候，我一脚打滑，落进水中，被公园的工作人员发现后救了上来。工作人员不客气地把浑身湿淋淋的我和小伙伴带到办公室，一通数落之后，通知家长来公园领人。这成为我童年最羞愧的一件囧事。

但是，这并没有阻挡我去中山公园的兴致。上了中学以后，我还常常会一个人到唐花坞去看花。初三那一年的寒假，我们学校高三的一位学长，取了一个笔名"园墙"，写了一篇散文《水仙花开的时候》，发表在当年的《北京文艺》杂志上，很是让我羡慕。他的这篇散文写的就是唐花坞里的水仙花。那水仙花我见过。在唐花坞里，好多更好看、更新鲜的花我也见过，为什么我写不出这样漂亮的文章，也发表在《北京文艺》上呢？那时候，我仿照着他这篇散文的笔法，写了好多篇唐花坞，没有一篇成功。

到唐花坞看花，让我喜欢上了花。我曾经专门买过一本很精致的日记本，在扉页上题写了"花的随笔"几个美术字，专门记述看花的心情。那时，我已经不只是到唐花坞看花了，哪个公园里举办花展，我都要去看。高一那年的秋天，北海公园里有菊花展览，我跑去看。只见各式各样的菊花，成百盆，上千盆，铺铺展展，简直成了菊花的海洋。我是第一次见到这样多的菊花，回家后在日记本上赶紧写笔记，自以为收获不少。

　　老年之后，看邓云乡老先生的书，有一篇文章是写北京的菊花，说菊花是隐逸之花，然后，他写道："千百盆摆在一起，并没有什么看头，因为显示不出其风格，况且千百个'隐逸'聚在一起，那还叫'隐逸'吗？弄不好还有聚众闹事、图谋不轨的嫌疑呢。"

　　如今，中山公园秋天也办菊花展。唐花坞前，水榭前，都有菊花可看，不过，那里的银杏一片金黄，更是打眼。

68　颐和园

　　六一儿童节的黄昏，我坐在颐和园的长廊里写生。正在画停泊在排云殿前的画舫，忽然听到身边有个脆生生的声音：爷爷，你画的这个龙船还真像！我转过头来，看见一个小姑娘不知什么时候坐在我的身边。她大概一直在等我把这艘龙船画完，看到最后，忍不住夸奖了我。

　　我觉得她的口气像老师在鼓励学生，故意问她：你真的觉得像吗？她拧着脖子，很认真地说：真的，就跟我们课本里印的画一样！

　　这话说得更像老师在鼓励学生了。我仔细打量了她，一身连衣裙，一双塑料凉鞋，都有些脏兮兮的，脚上的丝袜明显有些大，像是母亲穿过的。因为她有点儿外地口音，我便问她是哪里人。她告诉我：老家是河南泌阳的。泌阳？我没有听说过这个地方，问她泌字怎么写，她很得意地在我的画本上写上了"泌"字，又补充说：属于驻马店地区。

　　我以为她是随父母来旅游的，便问她：是跟谁来颐和园玩的？她一拧脖子说：我和我弟弟。我有些奇怪，叮问她：就你们两个孩子？从河南来北京？你才上小学几年级呀？她说：我上四年级，可我就住在北京。离颐和园很近，走路十多分钟就到了。我和弟弟常到这里

颐和园之春 FuXiNG 2021. 3. 31.

颐和园之春

来玩。今天不是六一节放假嘛，上午我们都玩半天了，中午回家吃完饭，下午又来了。我问她：中午谁做的饭？她一扬下巴：我呀！我问她：你会做什么？她答：西红柿炒鸡蛋，煮面条，我都会。

我猜出来了，父母在北京打工，她是和父母一起从河南来北京的，而且来的时间不短，河南话里已经有了明显的北京味儿。颐和园里，中外各地的游客很多，如今，多了她和弟弟这样新身份的游客。

画排云殿上一角飞檐的时候，我随口问她：长廊附近有卖冰棍的吗？她看着我的画，头也没抬，说：有也别买，这里卖的都贵，要买就到外面买去，我妈就是卖冰棍的。然后，她指着我画的松针问我：这画的是什么？我说：是松针，不像吧？她说：你还没画完，画完就像了。她挺会安慰人，是个小大人。

我不知道如今在北京打工的外地人有多少，他们的子女到北京来上学的又有多少。我们都管这个小姑娘的父母叫做农民工，这是个改革开放以来出现的新名词。这个偏正词组，让他们一脚踩着两条河流，却又哪一头都靠不上。他们已经不是传统意义上的农民，早就脱离了土地而进入了城市。工作在城市，生活在城市，按理说，他们已经无可辩驳地成了城市有机的一分子。可城乡二元的社会结构、户籍制度等一系列制度与政策，使得他们又不是城市人，他们的身份认同处在一种尴尬和焦虑的位置上。城市里出现的第一代和第二代农民工，他们最终还是要落叶归根，回到农村的家乡去的。但是，他们的孩子，特别是一天天在城市里长大的孩子，对于农村的归属感没有父母那样强，城市生活的影响和诱惑，又会使得他们不可能如父母一样，只是把城市当成漂泊之地。他们更愿意成为城里人，他们的打扮、饮食和爱好，已经越发显示出如趋光性一般向城市靠拢的样子。但是，城市并没有完全接纳他们，没有城市的户口，便如一道横在面前的石门，令他们无法打开真正能够通往城市的道路。读小学借读还可以，高考就被打回老家，他们变成了中国城市中第一代边缘人。他们是无根的一代。

我想起曾经来过北京的诺贝尔经济学奖获得者丹尼尔·麦克法登说的话：如果向贵国领导人提建议，我会建议他关注农民工。望着我身边的这个小姑娘，我想，颐和园可以让她这样农民工的孩子与北京的孩子共有，学校也应该让她和北京的孩子一样共有，这应该是起码的公平，是解决农民工下一代教育问题的前提。

爷爷，你怎么不画了呀？见我有些走神，停下了画笔，她在催促我。我对她说：太阳快落山了，你弟弟呢？你怎么不找找你弟弟，得回家了。她一拧脖子，说：我才不找他呢。我们净打架，我得等他来找我！我问她：你弟弟几岁了？你不怕他找不到你？她说：我弟弟比我小一岁，我们常在这里玩，这里他可熟了，不会找不到我的。

弟弟不知还在哪里疯跑，她还在长廊里等着我把排云殿画完，她的母亲不知在哪里卖冰棍。晚饭，还是要她来做吗？

暮色四垂，昆明湖的色彩暗了下来，那艘龙船不知什么时候开走了。

69 香 山

年轻的时候，觉得北京所有的公园里，香山最好，我对它情有独钟。特别是到北大荒之后，大家说起回家后最想去玩的地方，几乎异口同声，就是香山。这是什么原因呢，是因为城里的公园没有这么空旷，没有这么高的山，都太小儿科？还是觉得城里的公园太近，好风景都在远处？谁也说不清。每一次回北京探亲，无论春夏秋冬，无论什么时候回来，我都要呼朋唤友，到香山逛上一圈。仿佛北京的小吃"驴打滚"，必须要在豆面粉里滚一圈，去一趟香山，才算结束了这次北京探亲。

进了公园，会先直奔松林餐厅撮一顿，我至今还记得那里蘑菇炖小鸡的味道。然后，到眼镜湖，再到见心斋，过芙蓉馆和玉华山庄，向着山顶的鬼见愁而去。最有意思的是有一次从山顶下来，走到昭庙前，看到有几个圆圆的石台，不到一人高，是以前插旗子的旗台。我和一个同学竟然不知哪儿来的情绪，双手扶着台子，使劲儿往上一撑，一跃而上。我们两人站在上面，昂首挺胸，扩臂扬手，摆了个造型。下面的同学抢了个镜头，帮我们照了张相。现在看照片，那么傻，当时以为挺酷呢。

我们都是骑自行车去香山，几十里地的路，并没有觉得远。再爬那么高的山，也没有觉得累。那时候的香山啊，莫名其妙地，怎么那么有诱惑力？

有了两个小孙子后，他们从国外回到北京，找玩的地方，我向他们首推香山。公园门口有块郭沫若题写的"香山公园"的牌子，每一次去香山，便先和他们在牌子前合影留念。开始，他们的头还够不到牌子最下面的边，眼瞅着他们一次次长高，后来长到脑袋超过了"香山公园"的"公"字了。公园门口的这块牌子，连同整个香山，都成了他们成长的参照物。

记得第一次带他们来香山，他们一个四岁多一点儿，一个两岁多一点儿。我们躲在松林餐厅的后门檐下避雨，我教他们说绕口令和老北京的童谣。学会了"吃葡萄不吐葡萄皮，不吃葡萄倒吐葡萄皮"，和"下雨下雨不用愁，你有大草帽，我有大奔儿头"之后，他们要学新的。我看见他们两人一人正坐在大门前的一个门墩儿上，便教他们说：小小子儿，坐门墩儿，哭着喊着要媳妇儿……

雨停了，我们开始爬山，向鬼见愁爬去。两个孩子一边爬山，一边大声高喊着刚刚学会的这个童谣：

小小子儿，坐门墩儿，

哭着喊着要媳妇儿……

旁边爬山的游客听见了，都哈哈大笑起来。有人故意逗他们两个：哭着喊着要媳妇干嘛呀？他们两个不理他们，却更来了情绪，亮开嗓门儿，更大声地一遍遍重复地叫喊着。清脆的声音，在通往鬼见愁已经苍老的山路上回荡：

> 小小子儿，坐门墩儿，
>
> 哭着喊着要媳妇儿……

70　正义路

　　正义路的名字肯定是后来起的。清朝时，这里是一条河，叫做玉河。河水从天安门前的金水河里流出，在长安街往南拐了个弯儿，一直流到皇城根儿，河上有三座玉带桥。民国十四年，也就是1925年，河被填为暗沟，变为马路，路上栽有杂花，路两旁种有柳树，但很快就都荒芜了。玉河两岸的肃王府和淳王府，变成了外国的使馆。玉河东北角废弃的太仆寺旧址上，建成了六国饭店，如今改了名字，但大楼还在那里。

　　正义路的马路很宽，不知是原来河道就这么宽，还是后来拓宽的。两边是单行道，槐荫夹道，槐花盛开的时候，一树花开如雪，一地花落如霜。中间是一个宽阔的带状街心公园，应该是北平和平解放之后建的第一座街心公园。

　　小时候，我家离正义路很近，穿过后河沿和城墙的豁口，往北走一点就到了。一直觉得那里很漂亮，有花有树，还有读书姑娘和手持扫把的环卫女工的雕塑。星期天，家里又乱又挤，我常跑到那里去温习功课，一坐就是一个下午。一直到晚霞飘散，蒙蒙的雾霭和斑驳的树影模糊了书上的字迹。一地新绿鸟相呼，清风和着读书声，少年最美好的记忆全在那里了。

一次次搬家，离正义路越来越远。但是，我还愿意常到那里去走走。有了孩子之后，从小便带他到那里转。他也觉得那里很漂亮，很幽静，独自一个人从这头跑到那头，再从那头跑回来，衣襟带风，很是惬意。

北京城现在建设得越来越繁华，高楼大厦盖得越来越密实，却有意又巧妙地建了一些清静美好的地方，供人消闲小憩。现在多了一些"口袋公园"，以前似乎并不多见。正义路的街心公园是真正的闹中取静，北边是长安街，南边是前门大街，老城里最热闹的两条街没有把它夹成"三明治"，却让它在几十年里一直保持着难得的清幽。特别是它的林荫夹道，即使是最炎热的夏天，也让那一树树的蝉鸣叫得凉爽起来。大雪纷飞的冬天，这里一片凋零，但公园中间的甬道上没有被车轮碾过的皑皑积雪，满眼耀眼的玉树琼枝，总让人有一种走在树林里的恍惚，这是城市中难有的感觉。

那年，儿子去美国留学读博，来信说想家，想要看看我们的照片。我和他妈妈便来到了正义路。是个雪后的早晨，照片背景那一片挂满晶莹雪花的树间，夹杂着红叶和黄叶，在白雪的映衬下，色彩那样地明艳。接到照片后，儿子都想不到北京居然还有这样漂亮的地方，电话里连连问我们：这是什么地方呀？

71　和平里

1984年到1992年，我在和平里住了八年。

和平里，是北平和平解放之后建设的一批新社区之一。那时，西有百万庄，东有和平里，呈对称形，楼房建筑风格都是苏联模式，矮层，敦实，四围有高大的白杨树。在一片平房和鱼鳞瓦构成的老北京城里，这样的楼群的出现，有些鹤立鸡群的感觉。和平里的名字，是为纪念1952年在北京召开的"亚太和平会议"而取的。和平里街区的建立，是1955年的事情了。

我家搬到和平里的时候，和平里的中心在和平西街。13路公交车和104路无轨电车的终点站再往东边一点，那里有个和平鸽的雕塑，立在小小的街心花园里，成为和平里最醒目的地标。二十世纪八十年代初，这个和平鸽的雕塑，是北京城最早出现的街头雕塑之一。我国以前没有街头雕塑的传统，我们的雕塑大多立在寺庙里或墓道上。如果和百万庄比，百万庄没有这样的雕塑，这就让和平里一下子多了几分现代化都市的气息。我一直不知道和平鸽雕塑的作者是谁，但能塑造这样的作品，在这里立起这样一个和街区名相吻合，也和人们对和平普遍向往的情感相吻合的雕塑的人，一定是值得尊敬的。

　　这个和平鸽不是写实的，而是有几分夸张，用线条构成的几何图形，勾勒出棱角分明的造型，稳定而结实，和平鸽展翅却并非跃跃欲飞，而是俯视四周，多了几分拣枝而栖的安详和平和。它并不硕大，立在一个有一米四左右高的石台底座上。由于后面的楼房都只有四五层，树木也都不高，和平鸽的雕塑很醒目，老远就能看见。如果坐104路无轨电车回来，能看到它在车窗右边闪过，歪着脑袋在看着我，一下子就觉得分外亲切，一种到家的感觉油然而生。这种感觉，很像我小时候到内蒙姐姐家之后坐火车回北京，走出前门火车站，一眼看见前门楼子一样。一个城市，一个地方，稳固而有特点的地标建筑，对于人的情感与记忆的作用，就是这样地大，这样地不可或缺。

　　我带着孩子，几乎每年都会到那里和它合影留念。小花园在它的前面和南面，不大，花草明丽，有几个长椅，可以供人休息。孩子很愿意到这里玩耍。和平鸽成了他童年的伙伴，伴随他从五岁成长到十三岁。

　　和平鸽正对面，小马路边上，是稻香村食品店。和平鸽的北面，过马路，是一溜儿自由市场，卖菜卖水果卖肉卖鱼卖活鸡，琳琅满目。和平鸽南边一点，有家不大的新华书店，我和孩子的好多书都是在那里买的。新华书店边上，有一家叫"和平"的照相馆，我们没有在那里照过相。这一片楼群后面，有一家很大的商业大楼，一楼的一角专卖音乐制品，我们在那里买过罗大佑童安格王杰和张蔷的好多磁带——那时候，还没有CD、MP3，只流行这种盒带，它们是我和孩子最初的音乐启蒙。

我们常说，到和平鸽那里去吧！去那里，连玩带买东西，吃的喝的用的看的听的，都齐活儿了。

在和平鸽前，会看到有孩子绕着和平鸽疯跑，大呼小叫着，追打着玩打仗的游戏。孩子的童年那么真切，活色生香，在眼前浮现，又在眼前消失。

在熙熙攘攘的自由市场的街上，我看见陈宝国骑着自行车，后车座上驮着赵奎娥去买菜。那时候，赵奎娥是我们中央戏剧学院表演系的老师，他们的家在附近。

在自由市场街口西边，新开了一家电器店，那时电视和冰箱凭票购买，它专卖日本电器，不要票，但要高价。我花了一千二百元，在那里买了一台夏普牌的冰箱，买完了却抬不回家，只好给一个在林业部工作的中学同学老朱打电话。林业部在13路公交车总站的南边一点儿，离得不远。中午休息时，老朱从单位借了辆小三轮车，帮我把冰箱拉回家，驮上楼。

我有一个朋友，住在和平鸽后面的一片楼房里；还有另外一个朋友，住在和平鸽前面的一片楼房里。都是苏联式样的老楼房，开间不小，客厅很小，房顶很高。我曾经到过他们两位家做客，前一位，还曾经借他的房子让我写作；后一位，我从和平里搬家到双井的时候，他请我在附近的一家餐厅吃过饭，然后我们在夜色中告别。那一片社区是老社区，那样地安静，年久失修的楼群，并没有显得老态龙钟。

高大的白杨树，在低矮的楼群中，把巨人一样的身影泼洒而下，把阔大的树叶随风摇响，把海浪般哗哗的声音洒满夜空。

那一刻，我忽然想到前几年到莫斯科，结识的一位叫尼科莱的俄罗斯人。离开莫斯科的前夜，他邀请我到莫斯科郊外他的家中话别。从他家出来，他怕我不认识路，又陪我走到地铁站去坐地铁，一直送我回到我住的俄罗斯饭店。走在莫斯科郊外寂静的街上的情景，和这时候有几分相像，不仅楼群的风格相似，周边的白杨树相似，夜空中闪烁的星光也很相似。

前两天，偶然间听到歌手张蔷唱的一曲新歌，名字叫做《手扶拖拉机斯基》。唱的是颇具谐谑风的新词，曲风还是迪斯科的老旋律。记得零星的几句词：在这莫斯科郊外的夜晚，听不到那崇高的誓言……加加林的火箭还在太空，托尔斯泰的安娜卡特琳娜，卡宾斯基柴可夫斯基，卡车司机出租司机拖拉机司机……曾经英俊的少年，他的年华已不再……

这首偶然听到的歌，不仅让我想起了在莫斯科和尼科莱分别的晚上，想起了几十年前在和平里和朋友分手的晚上，也想起了那年和孩子一起，在和平鸽后面的和平里商场买张蔷磁带的情景。

"加加林的火箭还在太空，曾经英俊的少年，他的年华已不再……"这歌唱的！从托尔斯泰、柴可夫斯基，一直唱到我们自己！

前不久，路过和平里，专门到和平鸽那里看了看。它旁边的新华书店照相馆和稻香村都还在那里，原地不动，104路无轨电车还在它旁边穿梭，它旁边的街心小花园没有了，街对面的自由市场也没有了，变成了宽阔的马路。开始，我竟然没有找到熟悉的和平鸽，心里忽然一惊，生怕它飞走了。马上，我找到了，像找到了四十年前的自己，有些不大认识了。周围的树木长高了，和平鸽的底座尽管已经变高，树木葱茏茂密的枝叶，还是把它遮挡了。和平鸽，这个曾经在整个和平里街区那么醒目的雕塑，现在显得那么不起眼。日新月异的变化，飞速密实的发展，让它失去了属于自己的开阔的空间，失去了曾经鲜活的时代背景，莫非它也年华不再了吗？

72　府右街

　　我们中国人讲究名不正则言不顺，街巷名字起得如何，意思和意义真的是不一样的。府右街原来叫灰厂夹道，显然，这名字灰不溜秋的，远不如"府右街"大气上档次。这条街在中南海西侧，原来在总统府之右，方才叫做了府右街。所谓右，是按照皇宫前的左祖右社的规矩。如今，府右街一面红墙迤逦，两边古槐夹道，夏日浓荫匝地，成为北京最安静和漂亮的街道之一。

　　府右街南端是六部口，北端是西安门。1981年，从年初到开春，我骑着自行车，常常走在府右街上。那时候，我结识了国际象棋大师刘文哲，为写报告文学《国际大师和他的妻子》，前后六次到他家采访。刘文哲很忙，住在棋队里，平常不回家。我采访完他本人之后，到他家采访他妻子谭桂霞。她在北京机床电器厂上班，只有晚上回家才有空，我便晚上去。刘文哲家在西安门旁的一条胡同里。我当时正在中央戏剧学院读书，学院在棉花胡同，离那里不算远。骑自行车，横穿北海后门现在叫平安大道的那条街，十几分钟即到。

　　刘文哲和谭桂霞的爱情，在那个特殊的时代里，有些传奇，令人唏嘘，让我感动。谭桂霞原来爱的是刘文哲的弟弟，弟弟被错打成现行反革命，被迫逃亡。她被抓去，脱光了衣服，推倒在雪地上，遭到惨无人道的毒打。被逼问刘文哲弟弟的去向，她缄口不言。最后，刘文哲弟弟自杀，她依然到刘家，照顾刘家年迈的老母亲，替弟弟尽孝。刘家过意不去，刘文哲对她心生敬意和爱意，鼓足勇气向她表白，两人走到了一起。没有她的辅佐，刘文哲不可能成为国际象棋大师。要知道，那时候的刘文哲只是京棉一厂的细沙保养工，每月工资只有二十五元半，生活潦倒不堪，外号叫做"刘没辙"。

刘文哲向谭桂霞表白的地方，就在府右街的边上；谭桂霞答应他的地方，就在府右街。

他写了一封表白信，约好谭桂霞，在故宫角楼下的筒子河边走了一下午。走到了晚上，一起走到他家前面的14路西安门车站，还是没有勇气把信掏出来。一辆接一辆的14路车开来了又开走了，眼瞅着14路车又来了，他不能再犹豫，一咬牙，把已经在衣兜里揉得皱巴巴的信掏出来，递给了谭桂霞。谭桂霞就着路灯的亮看完信，没有说话。14路车又进站了，但谭桂霞没有上车。刘文哲看到了希望，对她说：走走吧。两个人一拐弯，走到了府右街。从府右街的北口，一直默默走到了南口。那是1971年春夜里的府右街。

我从谭桂霞的口中听到这一段经历。从他们家出来，我没有直接沿平安大道回学院，而是特意骑车到府右街，也从北口到南口，拐弯到长安街，再回学院。那是1981年春夜的府右街，十年过去了，刘文哲成了国际象棋大师，谭桂霞苦尽甜来。

夜色下的府右街，月光如水，街灯如水，除了我，没有一个人，静静的像睡着了。

73 棉花胡同

北京有两个棉花胡同，一个在西城，护国寺以北；一个在东城，交道口往南。两个棉花胡同都很有名。西城的棉花胡同，因为民国前夜曾经住过困顿京城的蔡锷将军而出名，如今蔡锷故居还在，虽然变成了大杂院，但一棵两百多岁的老槐树，依然枝叶繁茂。东城的棉花胡同，因有大名鼎鼎的中央戏剧学院而出名，曾经频繁出入过这里的巩俐和姜文等明星，他们的名气，早就盖过了当年的蔡锷和小凤仙。

西城的棉花胡同，因为在清朝年间聚集了弹棉花的手工业作坊而得名，东城的棉花胡同因何得名，我就无从知道了。如今，让南锣鼓巷闹得，东城的这个棉花胡同跟着也人多了起来，而西城的棉花胡同，我前些日子去了一趟，依旧很清静。

我在中央戏剧学院上过四年的学，又教过两年的书，对东城的这个棉花胡同熟一点儿。那时候，不是坐13路公交车穿过南锣鼓巷从西口进，就是坐104路无轨电车从东口出，好多时候，是借着表演系同学漂亮脸蛋的光，逃票蹭车。

我已经好久没有去棉花胡同了。如今，13路公交车和104路无轨电车都还在，但是，再去棉花胡同，不能坐13路公交车从西口进了，

棉花胡同早晨

因为南锣鼓巷太热闹，人挤人，不好走。有南锣鼓巷的衬托，棉花胡同显得非常安静，一步走进去，仿佛跌进了过去读书的年月。

前不久回母校，却发现弹簧大门紧闭，根本进不去。对面的灰墙也已经不在，被拆掉了，盖起了新楼。当年，初试发榜时，是一张张大白纸上写上考生号，贴在那面灰墙上。我就是在人头攒动中找到自己的号码的，想想已经是五十五年前的事了，一切恍然如梦，日子如水一般长逝。

学院东边的31号院，门上那一副老门联居然还在，写的是"总集福荫，备致家祥"。读书那四年，年年冬天的体育课，连带毕业的体育考试，都是一千五百米长跑。从学院大门出来，往西拐出棉花胡同西口，跑到圆恩寺前街，然后绕到宽街，从棉花胡同东口跑回来。每一次跑步，都要和这副老门联打照面，熟悉得不能再熟悉了。教我们体育的张老师很严格，毕业考试的时候，我的同学陆星儿正有孕在身，张老师非要她生完孩子回来补考。第二年夏天，陆星儿是孤独地一个人跑完这一千五百米的。

如今，老门联还在，陆星儿已经病逝多年了。

74 宽 街

在北京，不许骑车带人。尽管不少人都曾经骑车带过人。情侣搂着腰抱着肩，穿梭在车水马龙之间，潇洒得劲头十足。还有为了接送孩子到学校或幼儿园，风雨中披着雨衣或一手打着伞一手扶着车把的家长，样子是那样温馨，鲜艳的雨衣和雨伞都被洇成了动人的水墨画……

但是，这一律违反交通规则，遇见了警察，都是麻烦事。

在中央戏剧学院读书的时候，一天，出门骑车带着一个同学，刚拐出棉花胡同东口，骑到宽街上，便和迎面而来的一位警察叔叔窄路相逢。那时候，美术馆是一道分水岭，美术馆东是隆福寺，小商品店铺很多，很热闹，过了美术馆，再往北走，比较清静了。上班的时间，宽街上很少见到行人。我们两人骑着自行车，非常扎眼。

警察叔叔把我们拦了下来，抓了个"现行"，开口就要罚款，我们赶紧求饶。

他严厉地问我们："你们是哪儿的呀？"

我赶紧回答："我们是戏剧学院的学生。"

这位警察叔叔把"戏剧学院"听成"戏曲学院"了，就问：

"哦，学哪派的呀？"

我一听，满拧，忙说："我们，没派……"

他又听差了，脸色却明显好了起来，说道："梅派呀？梅派，梅兰芳，好……"

没罚款，放了我们一马。敢情这位警察叔叔是个戏迷。

75　东四八条

　　东四东边东西走向共有十四条胡同，都是明朝时候就有的胡同了。因为地处内城，胡同和院落都比外城的普通街巷要齐整。在这十四条胡同中，我只去过东四八条，那里的71号院子，是前辈作家叶圣陶先生家。这是清朝皇宫内务府帘子库的官员留下来的老宅，是一座老北京典型的一进四合院，有正房、东西厢房、倒座房、门房，还有垂花门的二道门。院子里有两株西府海棠。

　　1963年的暑假，我写了一篇作文参加北京市少年儿童征文比赛并获了奖，得到叶圣陶先生亲自批改，并写下了评点总结。有一天，老师告诉我，叶圣陶先生这样一位大作家，要见见我这样一个初中学生。这成为我人生中的一件大事。那天天气很好，走进东四八条71号这个小院，一墙绿葱葱的爬山虎扑入眼帘，使得夏日的燥热一下子减少了许多，连阳光都变成了绿色的。

　　那天下午，叶老先生没谈我那篇获奖的作文，也没谈写作。他没有向我传授什么文学创作的秘诀、要素或者指南之类，相反，他几次问我各科学习成绩怎么样，说爱好文学的人不要只读文科的书，一定要多读各科的书。然后，他让我背背中国历史朝代。我没有背全，有的朝代顺序还背颠倒了。他对我说：我们中国人一定要搞清楚自己的历史，搞文学的人不搞清楚我们的历史更不行。

我们的交谈很融洽，仿佛我不是小孩，而是大人，一个他的老朋友。叶老先生亲切之中蕴含的认真，质朴之中包容的期待，把我小小的心融化了。不知黄昏是什么时候到来的，落日的余晖悄悄染红了窗棂。我一眼又望见院里那一墙的爬山虎，黄昏中绿得沉郁，如同一片浓浓的湖水，它的影子映在客厅的玻璃窗上，不停地摇曳着。

那时候，我刚刚读过叶老先生写的一篇散文《爬山虎的脚》，便问：那篇《爬山虎的脚》是不是就写的它们呀？叶老先生笑着点点头：是的，那是前几年写的呢！说着，他眯起眼睛又望望窗外那爬山虎，我不知那一刻老先生想起的是什么。

"文化大革命"中，我去了北大荒，回北京探亲时，和我的一个同学，还有我的弟弟，一起去拜访叶圣陶先生。正是冬天，大雪刚停，再一次走进这个小院，眼前积雪满庭，有些凋败肃杀的感觉。那时，叶圣陶先生处于被打倒之列，但见到我们还是挺高兴，没有颓丧的感觉，让我们每人表演了一个节目，还走到院子里，站在西府海棠树下，和我们合影留念。

重回北大荒，我在猪号里喂猪。那些个大雪封门的夜晚，无处可去，为了打发无所事事的光阴，我找了一本学生做作业的横格本，开始写一点东西。我把那个横格本写满，密密麻麻地写了整整十篇散文和小说。放下笔，合上本子，忽然想起了叶圣陶先生。想寄给他看看，又怕给他老人家惹麻烦。我不死心，犹豫再三，最后，从那十篇文章中挑选了自己最满意的一篇《照相》，寄给了叶圣陶先生的长子叶至善先生。我知道他是中国少年儿童出版社的社长兼总编，是一位自1945年开始在开明书店工作的经验丰富的老编辑，也是一位有名的作家，我在上小学的时候看过他写的科幻小说《失踪的哥哥》。跑了十六里地，终于把信和稿子寄出去了，我不知道会有什么结果。因为我不知道他还会不会记得八年前曾经到他家去过的一个普通的中学生。

没有想到，我竟然很快就接到了叶至善先生的回信。一眼看见信封下面一行发信人的地址"东四八条71号"，心里无比激动。说来也巧，那时，叶至善先生刚刚从"五七"干校回到北京，暂时赋闲在家，正好看到了我寄给他的文章。他在信中说，他和叶圣陶先生都还记得我，他对我能够坚持写作给予很多鼓励，同时，他说如果我有新写的东西，再寄给他看看。我便马不停蹄地把十篇文章中剩余的篇章陆续寄给了他。他一点不嫌麻烦，看得非常仔细、认真，以他多年当编辑的经验和功夫，对我先后寄给他的每一篇文章，从构思、结构，到语言乃至标点都提出了具体的意见。我修改后再把文章寄给他，他再做修改寄给我。稿件和信件的往返，让那个冬天变得温暖起来。

最难忘的一次，是接到叶至善先生一封厚厚的信，在此之前，我从来没有接过这样厚的信。拆开来一看，是他将我的一篇文章从头到尾地修改了一遍，怕我看不清楚，又重新抄写了一遍寄给我。望着他那整齐的蓝墨水笔迹，我确实非常感动。在我的写作生涯中，接受了叶圣陶和叶至善父子两代人如此细致入微的帮助，他们做了这样大量的工作，给了我看得见、摸得着的指点，可以说是手把手引领我步入了文学的领地。

当初叶至善先生写给我的那些封珍贵的信，如今，只幸存一封。信是这样写的——

复兴同志：

寄来的四篇稿子，都看过了。

《歌》改得不差，用编辑的行话来说，基本上可以"定稿"。我又改了一遍，还按照我做编辑的习惯，抄了一遍。因为抄一遍，可以发现一些改的时候疏忽的地方。现在把你的原稿和我的抄稿一同寄给你。

重要的改动是第二页，把首长交给"我"的任务，改成："寻找作者，了解创作思想"。文章结尾并没有找到作者，可是这支歌的创作思想似乎已经说清楚了。这样改动勉强可以补上原来的漏洞。

有些地方改得简单了一些，如第一页，既说"到处可以听到"，似乎不必再列举地点。谁唱的这支歌，后文已经讲到，所以也删掉了。有些地方添了几句，是为了把事情说得更明白些。

关于老团长在南泥湾的事迹，我加了一句。用意在于表现一个普通战士，经过革命的长期锻炼，现在成了个老练的领导干部。

有些句子，你写的时候很用心思，可是被我改动或删去了，如"歌声串在雨丝上……""穿梭织成图画……"两句，不是句子不好，而是与全篇的气氛不大协调。

要注意，用的词和造的句式，在一般情况下要避免重复。只有在必须加强语气的时候，才特地用重复的词，用同样的句式。

《歌声》改得不理想，也许我提的意见不对头，也许是对要写的主角，理解还不够深。是不是把这篇文章的初稿和我提的意见一同寄给我，让我再仔细想想，看问题究竟出在哪儿，有没有再做修改的办法。

《树和路》也不好，写这种文章需要高度的概括能力。没有什么情节，又不能说空话，即使是华丽的空话。是否暂时不向这个方向努力，还是要多写《歌》那样的散文，或者写短篇小说，作为练习。

《球场》那篇，小沫说还可以，我觉得有些问题，让我再看看，给你回信。

这三篇暂时留在我这里吧。

想起《照相》，我以为构思和布局都是不差的。不知你动手改了没有。主角给"我"看照片的一段要着力改好，不要虚写（就是用作者交代）的办法，要实写，也就是写主角介绍一张张照片的神态和感情，这种神态和感情，主要应该用他自己的语言来表达。我希望这篇文章能改好。如果再寄给我看，就把原稿和我提的意见一起寄来。

你的朋友之中，有没有愿意像你一样下功夫的，如果他们愿意，可以寄些文章给我看看。我一向把跟年轻作者打交道作为一种乐趣。

祝好。

叶至善

这是1971年的冬天。在那个多雪的冬天，盼望着叶先生的信来，是最美好的事情了。

从北大荒返程回京之后，我到这个小院拜访过叶圣陶和叶至善两位先生。他们留我在家中吃饭，叶圣陶先生爱喝一点花雕，还特意给我倒了一杯。叶圣陶先生故去之后，我只是偶尔拜访，很少到这里打扰。最后一次来这个小院，是2004年的秋天，我见到叶至善先生满脸银须飘飘，心里一惊，惭愧地想到已经好多年没有来看望他老人家了。那天，叶先生的情绪特别地好，思维也特别地活跃，记忆力很强，哪里像一个八十六岁的老人？而他的平和恬淡，对晚辈的鼓励与亲切，都和叶圣陶先生一样，让我如沐春风。我知道，他刚刚写完回忆父亲叶圣陶的长篇回忆录。我们聊了一个多小时，我怕他累，提出告辞，他一再挽留，意犹未尽。他的回忆录《父亲长长的一生》刚刚校完三校。他对我说：每天五百字，最多一天一千字的速度，整整写了二十个月，一共写了三十多万字。这么大年纪了，真是不简单。

叶至善先生故去很久，我才知道，粉碎"四人帮"之后，叶先生复职重回中国少年儿童出版社掌印，其下属的《儿童文学》复刊，需要编辑，他点名推荐了我，因为我当时已经考入了中央戏剧学院，未能去成。但这件事情，他始终没有对我说起过。他就像一股清风，你看不见，却始终默默地吹拂着你，推动着你，温暖着你。

叶圣陶先生故去后，有人提出以后将东四八条71号这院子改为叶圣陶故居，叶至善先生不同意，也不让家人提。这是叶家的家风，我知道，叶圣陶先生在世的时候，有人曾提出将叶圣陶先生在苏州住过的老屋辟为故居，叶圣陶先生曾经专门立下过字据，并委托苏州的作家陆文夫："做什么用场都可以，就是不要空关着，布置成故居。"

76　前宅胡同

在北长街西侧，有前宅胡同和后宅胡同。这是清朝才有的两条胡同，本来是一处官宦人家的大宅门，前宅后宅各开了一扇大门，门前人来人往，走的人多了，便有了路，有了路，渐渐形成了两条胡同。这样两个胡同的格局，和前圆恩寺胡同和后圆恩寺胡同一样。甚至胡同名的起法也一样，完全属于本色派。前宅胡同在南，后宅胡同在北，东临故宫，西邻中南海，北邻北海，都近在咫尺，真正属于皇城眼皮子底下，从古至今都非常幽静，与一些喧嚣的网红胡同和杂乱的破旧胡同不可同日而语。相比较而言，前宅胡同短些，却也宽些，且院落多轩豁典雅，多名人居住，比如当时的法学家何基鸿。

三十一年前，1990年夏天，如果不是孙道临先生约我到那里见面，见寡识陋的我，根本不知道京城里还有这样一条短小精悍、典雅别致的胡同。如果不是因为孙道临先生，胡同再如何典雅别致，和我都关联不大。有了孙道临先生，这条胡同让我有了难忘的回忆，回忆中的一切，才有了生气和生命，如同阳光透过胡同中的老梨树枝叶洒下的闪烁光斑，始终跳跃在三十一年前夏天的那个中午时分。

我去的时候，一眼看见，孙道临先生已经早在前宅胡同东口，即北长街那儿等候着我了。记忆是那样地清晰，一切恍如昨天：他穿着一条短裤，远远地向我招着手，好像我们早就认识。我的心里打起一个热浪头。

要说我也见过一些大小艺术家，但像他这样的艺术家，我还是第一次见到。他的儒雅和平易，也许很多人可以做到，但他的真诚，一直到老的那种通体透明的真诚，却并非是所有人能够达到的境界。

前宅胡同里，有上海驻京办事处，孙道临先生来北京就住在那里。中午，他请我在上海办事处吃的午饭，那里是正宗的上海本帮菜，口味纯正。除了吃饭，我们谈的是一个话题，那就是母亲。他说他在年初的一个晚上看新的一期《文汇月刊》，那上面有我写的《母亲》（其实那只是一篇两万多字的散文），他看了一夜，感动得流下了眼泪，当时就萌生了一定要把它拍成一部电影的想法，经过了半年多的努力，他终于说服了上海电影制片厂，决定投拍，让我来完成剧本的改编工作。他这次来北京，主要就是来找我商谈此事。他对我居然那样信任，没有怎么交谈，更没有见过面，就把编剧的活儿交给了我。

他对我说，读完我的《母亲》，他想起自己小时候在北京西什库皇城根度过的童年，想起自己的母亲，也想起了在那些艰苦和残酷的岁月里，他所感受到的如母亲一样的普通人给予他的难忘的真情。

那天，他主要是听我讲述了我的母亲的故事，和我对母亲无可挽回的闪失和愧疚。他就那样静静地听着，不打断我，竟然情不自禁地落下了眼泪。我不敢看他的眼睛，因为我从来没有见过七十岁的眼睛居然没有浑浊，还是那样清澈，清澈的泪花如露珠一般澄清透明。

忽然，他站了起来，对我说：我为什么非要拍这部电影？我不只是想拍拍母爱，而是要还一笔人情债，要让现在的人们感到真情对于这个世界是多么重要！

我们一老一少泪眼相对，映着北京八月的阳光，我感受到了艺术家的一颗良心，在物欲横流中难得的真情，和对这个喧嚣尘世的诘问。那天回家，对着母亲的遗像，我悄悄地对母亲说：一个燕大哲学系毕业、蜚声海外的艺术家，拍摄一个没有文化、平凡一生的母亲，并不是每一个母亲都能够享受得到的。妈妈，您的在天之灵可以得到莫大的安慰了。

1995年2月，我新出了两本书寄他，里面有那篇《母亲》。他写信对我说："再次读了你写的关于《母亲》的文章，仍然止不住流泪。也许是年纪大了些，反而'脆弱'了吧。总记得十七八岁时是要理智得多，竟不知哪个时候的自己是好些的。"

2007年12月，孙道临先生逝世。偶去北海，再走北长街，路过前宅胡同东口，忽然觉得孙道临先生正站在那里，远远地向我招着手。

2021年，是孙道临先生诞辰一百周年。

77 白魁老号

烧羊肉，是一种传统美食。袁枚在他的《随园食单》里说，烧羊肉曾"惹宋仁宗夜半之思"，味美可想而知。在老北京，卖烧羊肉最出名的有三家：前门的月盛斋，安定门的成三元，隆福寺的白魁老号。PK之后，酱羊肉是前两家做得好，论烧羊肉这一道时令吃食，最后拔得头筹的是白魁老号。

白魁老号最让我感兴趣的，不是烧羊肉，而是一件题外旧事。白魁老号店名原来叫东广顺，比附的是当时比它更有名的东来顺。白魁是最早店主的名字，因为烧羊肉卖得好，熟客把店主的名字叫熟了，口口相传，就把店叫成了白魁，老号二字是后来人添加上去的。

白魁此人，不过是一个卖烧羊肉的店家而已，后来不知什么原因，竟然和朝廷挂上了钩，并且得罪了朝廷，被充军发配到了新疆。这件事有些匪夷所思，老北京城的大小饭馆无数，偏偏一滴雨这么巧就落进了白魁老号这个小小的瓶子里，让一个小店主的命运沉浮和紫禁城联系在了一起。

没有了店主，白魁老号只好转手他人，接手的是店里一个叫景福的厨师。景家后人将老店一直开到新中国建立之后，让我们还有机会吃得上这一口。可贵的是，景家并没有将店名改为景福老号，坚持用旧名。我常想，拥有两百多年历史的白魁老号，世事沧桑，人生冷暖，命运跌宕，悲欢离合，故事不比全聚德少，如果能有有心人钩沉历史，梳理枝脉，打捞往事，定能写出一部大戏来，会像人艺演出过的话剧《茶馆》《天下第一楼》一样，惹新老北京人起了夜半之思。

白魁老号还在隆福寺的时候，我常拿着饭盒，专门跑到那里去买烧羊肉，当场就会忍不住尝一口。那羊肉的味道，稍稍有点儿咸，而且，也不像以前能够额外给你一些烧羊肉的汤。没有了这一点点的汤，就像一支曲子没有尾声，烧羊肉是不完整的。特别是二月二龙抬头的日子，老北京人吃龙须面，必是要用烧羊肉的汤泡面的。老白魁如果还在的话，卖烧羊肉怎么会不给汤呢?

78　吉庆堂

如今，过年不让放爆竹、烟花了。放花盒子，更成了遥远的历史。

在我小的时候，北京还讲究放花盒子。当时在大栅栏的瑞蚨祥、同仁堂等老字号门前，过年还是要放花盒子的。花盒子是烟花和鞭炮二者的结合，它们彼此呼应，其功能、作用整合一起，像是音乐里的二重唱。可以说，它是鞭炮和烟花的升级版。

民国时有写放花盒子的竹枝词："九隆花盒早著名，美丽花样整四层，若问四层为何物，一字一楼二连灯。"这里说的"一字一楼"，指的是放花盒子的时候，每放到一层，就会从盒子里飞迸出一幅大字，上面是福禄寿喜之类的拜年话。放花盒子，就像变戏法一样，给人意想不到的惊喜。有的花盒子里暗藏玄机，连买的人、放的人也不知晓里面会是什么，就像看一部悬疑片，人们都等着看下一层的盒子里会飞出什么新奇的玩意儿。

放花盒子，比放爆竹和放烟花要复杂。先要架起一个铁架子，那是它施展腰身的舞台。六角形、八角形的大盒子，一层一层地码在架子上，再把架子挂起来。花盒子里第一层是礼花，第二层是花炮，第三层蹦出来的是人物画……花盒子少的有三四层，多的有十几层，点燃起来，一层一层分别飞上天空，呈现出不同的缤纷情景，像是一台晚会，一个个节目次第出场，给你一个个不同的惊喜。

旧时，北京城做花盒子最有名的店铺叫吉庆堂。吉庆堂老掌柜曾经专门为慈禧太后做过花盒子，因此被赐六品顶戴内廷供奉。老掌柜最得意的作品，是做了一只九层高的大花盒，花盒里绘有彩画，含有机关。它并非如一般的花盒子一样只是单摆浮搁的热闹，彼此没有什么必然的联系，而是一层层像链条一样紧紧连接，像是一整出情节迭出的大戏。点燃之后，一层一层升腾起来，每一层落下的是戏里的一个场面，这个场面和下一个场面犬牙交错在一起，环环相扣，叠叠生波。那场面，别说老佛爷看呆了，搁到现在，就是想想，也是分外绚烂夺目，令人向往。不知道这种做花盒子的高超技术失传没有。

春节，历史积淀下来的沉甸甸的民俗里，含有民族的情感，含有传统的艺术，也包含着民间的智慧。如今过年，只剩下餐桌上的年夜饭和电视里的春节联欢晚会，花盒子这样的老玩意儿，快给忘光了。

79　隆福寺

庙会是寺庙派生出来的衍生物，老北京过年时很讲究逛庙会。以前遍布京城的大小庙会中，最有名的是隆福寺和护国寺的庙会。两家庙会在东西两城遥相呼应，有竹枝词唱道："东西两庙货真全，一日能消百万钱。"

隆福寺是明朝的老寺庙，经历了几百年的沧桑浮沉，如今被改造得非常新潮时尚，完全现代化了。如果看到过去隆福寺的老照片，和当下的情境相比，会觉得恍然如梦，旧时隆福寺的影子飘逝得一点都没有了。隆福寺庙会有着悠久和辉煌的历史，多少人，多少事，在老北京人的记忆中盘桓。翁偶虹先生的《春明梦忆》里，有一段写他陪高庆奎逛隆福寺庙会的文字，读罢让人感慨，让人回味，忍不住又想起远去的隆福寺。

高庆奎是京剧老生高派的创始人，当年和余叔岩、马连良被誉为"须生三大贤"。他曾和梅兰芳挂双头牌在上海演出，盛况空前，一票难求。按照现在的说法，这是一位不折不扣的流量明星。

那时的隆福寺庙会上，还有一位流量明星，是绰号叫"面人汤"的汤子高。在老北京，汤氏三兄弟都是捏面人的高手，他们如同《水

1929 年的隆福寺山门

浒传》里的阮氏三杰一样，名噪一时。汤子高是汤氏三兄弟中的老三，被人称作"汤三儿"。他擅长捏戏曲人物，人物造型精准，很有故事。他曾经为不少京昆名角捏过戏人，造像逼真，颇受好评。捏一位戏人，价钱居然达一块现大洋，在当时，这可不是一个小数目。翁偶虹先生称赞他的作品，"风格如国画中的工笔重彩"。

这一天，这两位流量明星在隆福寺庙会上相会，上演了一出精彩的折子戏。汤子高久仰高庆奎，高庆奎也久闻汤子高，这是他们第一次相见。好不容易见到久仰的高先生，寒暄过后，汤子高技痒手痒，便直爽地要求高先生为他摆一个《战长沙》的身段，他要当场捏个面人儿。这颇像画家的写生，却又比写生有难度和有意思。因为画家写生的对象可以是平常人，而汤子高面对的是京剧名角，这不仅考验京剧名角摆身段的本事，也考验创作者的本事。汤子高可别在高庆奎的面前演砸了，露了怯。

高先生也不推辞，没有像当今一些流量明星一样扭捏作态，而是爽快地一口答应了。

《战长沙》是一出有名的红生戏，也是高庆奎的拿手戏，讲的是关公和黄忠长沙一战生死结盟的故事。高庆奎就在汤子高的摊位前摆了个关公拖刀的身段，亮出"刀沉马快善交锋"的雄姿，很是英气逼人。但是，这是个单腿跪像，对汤子高而言，捏起面人来，不是一个好的角度。他觉得有些棘手，一时不好下笊篱。

好不容易见到了名角，又让人家为自己摆出了身段，眼下该如何是好？汤子高看高庆奎这个关公拖刀的姿势不灵，没有客套，立刻请高先生换个姿势。高庆奎没有觉得这个要求有什么过分，立马儿换了个关公横刀肃立的姿态，立在汤子高面前。

那么多人围看，那么久的时间立着，高庆奎没有一点儿不耐烦，和在舞台上演出时一样。那一刻，他不是高庆奎，是红脸的关公。

其实并没有用太久的时间，只是让高先生一直立在那里，汤子高心里有些过意不去。两碗茶的工夫，面人儿捏好了。汤子高把面人装进一个玻璃匣中，走到高庆奎面前，送给高先生。高庆奎一看，面人捏得惟妙惟肖，爱不释手，对汤子高说：手工钱我领了，但玻璃匣钱照付。便拿出钱来——是多出一份手工费的。

这便是当时的艺人，在艺术面前，透着彼此的尊重和惺惺相惜。如今，不要说艺术品的漫天要价、高昂的出场费和演出费，就是让那习惯于被前呼后拥的流量明星，当街在摊前为"面人汤"摆个身段，一个不行，再摆一个，有这样的可能吗？

如今被改造得高大上的新隆福寺，有花样迭出的各式卖点，但这样的情景还能见得着吗？

80 贤良寺

旧时京城有八大庙之说，这八大庙究竟是哪八座，就跟说京城的饭店有八大楼、八大居一样，从来都是众说不一。我取日本和尚小栗栖香顶之说。小栗栖香顶于同治十二年（1873）从日本来中国求佛拜师，回日本后著有《北京纪事》。那一年八月，他从上海坐船来到天津，在著名的大悲院里见到了那里的高僧澄空。小栗求教北京八大庙为何处，澄空告诉他，八大庙是柏林、拈华、万寿、法源、觉生、广济、贤良、广通。看澄空写给小栗的信，学问不浅，道行很深，又属于业内资深人士，他的说法，和坊间的流传相比，应该更为可信。

如今，这八座老寺庙，贤良和广通二寺已经没有了，其余六寺依然健在。

贤良寺的前身是康熙皇帝第十三子胤祥的老宅，雍正封胤祥为怡亲王，贤良寺最早应为气派恢宏的王府。胤祥生前表示死后舍宅为寺，贤良寺便是在怡亲王王府的基础上，于雍正十二年（1734）建立起来的。雍正皇帝赐名为贤良寺，并立有御制高碑，碑文上有几句称赞他这位弟弟的话，很有些醒世恒言的味道："淡漠于富贵，希阔于声色，崇俭约己，乐善博施……"贤良寺的贤良之意，便在于此，雍正说是为"识其实也",实在是人寺两实。

贤良寺很大,内有几大殿,此外钟楼、鼓楼、佛像、壁画、古树,应有尽有。我在文物出版社2016年出版的《北平研究院北平庙宇调查资料汇编》厚厚三册大书中,看到了贤良寺的照片。照壁上的砖雕精美绝伦,大厨房有十间之阔,占据了后院整整一排房屋,可以想象当时庙里的僧侣有多少。按照1930年北平研究院实地测绘的平面图,我估算了一下,贤良寺占地面积约二千平方米。如果按照今天的地价来算,如此靠近皇城的寸土寸金之地,该是何等价值连城。怡亲王能将其捐献出去,改为寺庙,确实不易,这起码不是哪个亲王都能够做得到的。

当然,贤良寺的出名,不仅因其大,比它更大的寺庙在北京有很多。贤良寺的出名,还因为当时有很多名流曾经在这里住过,如康有为、沈子培、王病山等维新派人物,曾国藩、左宗棠、李鸿章等清末重臣。这里离朝廷近,不少外地进京的大臣述职或办事,或拉关系、走门子,都愿意住在这里。这里早朝觐见皇帝时只有几步道,到各处去,也都方便得很。在动荡的清末,不少大寺成为各路人马风云际会的地方,香火缭绕的寂静之地暗潮涌动。和闪烁着戊戌变法期间谭嗣同、袁世凯秘密走动的身影的法华寺一样,贤良寺也成了举足轻重的政治寺庙。八国联军进入北京,李鸿章作为和洋人议和的全权大臣应召进京,就住在了贤良寺。和洋人签下了屈辱的《辛丑条约》后,李鸿章最后死在了贤良寺。贤良寺中刻印的历史风云,是京城任何一座寺庙都无法比较的。

当时，慈禧太后逃离京城，那桐作为留京办事大臣协助李鸿章议和。从贤良寺穿过冰渣胡同，过金鱼胡同，或者直接出后门，就到了那家花园，十分方便。当时洋人已经霸占了整个北京城，据说只有贤良寺和那府两块地方是在中国地盘，其余都归他们管辖，其中的屈辱在贤良寺弥散不尽。当时的贤良寺，《天咫偶闻》中说"粥鼓晨严，罏烟昼静，地无人迹，竟日苔封"，昔日的风光早已不再，已经是寒鸦哀号，凄凉备至。贤良寺，成了中国近代史一则兼有地理和历史双重意义的形象旁注。

贤良寺建在冰渣胡同里，如今这条胡同徒有其名。贤良寺的位置在今天协和医院的西北，校尉胡同小学这个地方，紧靠着金鱼胡同。如果当年不是扩展金鱼胡同拆掉了那家花园和贤良寺，我们能看到贤良寺的后院墙正好对着那家花园。为了修路，得拆掉多少老的建筑。想起前人说过的"走的人多了，也便成了路"。其实，也是拆的老建筑、老庙多了，便成了路。

清末之后，尽管贤良寺已经没落，但一直到民国晚期，庙里尚住有僧人维持（1929年统计驻庙僧人有二十二位之多）。贤良寺香火不灭，只是部分配殿变为小学校，后来寺庙又成为民国时期北平最大的殡仪馆。一直到北平和平解放之后，学校还在，殡仪馆停办了，但遗风犹存。1955年，林徽因去世后，追悼会就是在贤良寺举办的。"文化大革命"之中，御碑、佛像、钟鼓楼被毁，但大殿、配殿尚存，贤良寺的大体格局还在。

贤良寺一直苟延残喘到1988年，为了扩展金鱼胡同的马路，同时还要在马路两旁建造新的楼堂馆舍，在拆迁的轰鸣声中，贤良寺彻底寿终正寝。1990年，贤良寺连最后的架子都没有了。如今，只在校尉胡同小学的东侧还有一处小院，作为贤良寺的最后一点孤魂，残存在人们的视野和记忆里。两百多年的老寺，京城八大庙之一的贤良寺，就这样毁在我们自己的手里。

其实，贤良寺本来可以存在的，它已经从1734年走到了1988年，在烽火连天和灾难连连中坚持了二百五十四年，是件多么不容易的事情。如果我们手下留情，再仔细斟酌一下，再多规划一种方案，是完全可以留下它的！

如果贤良寺还在，因为它有宗教、艺术、历史和教育的多层意义，会是比王府井之北的教堂更有价值的存在吧。人们逛完王府井之后，到这里看看花飞花谢，听听暮鼓晨钟，想想前朝旧事，在香火缭绕之中，跪拜在蒲团之上，默思我们曾经做过的一切，敬拜我们的祖先和先贤，遥祭已经隔膜的贤良品格，重生敬畏之心。也许能让我们已经蒙上油腻与尘埃的心，稍稍得以拂拭，变得澄清透明一些。

81　莲花寺

　　莲花寺藏在南城的烂缦胡同里。这条胡同我常去，可是早已经见不到这座有名的寺庙了。这是一座明朝古刹，乾隆时重修后，迎来了它辉煌的时候。乾隆时的文人李调元曾经有两首诗写它。其中一联是：楸树前庭韩句里，桃遮小径杜诗中；另一联是：雨屐送僧莲寺近，夜炉留客竹床寒。把这座寺庙写得有树有花有韵有味，挺美。

　　不过，这只是乾隆盛世时的情景，清朝后期，这座寺庙连同这条烂缦胡同一起渐渐委顿。它日后的出名，不是因为它的禅房花木，曲径幽深，也不因为它是明朝古刹，这样的古寺，在北京胡同里多的是，它之所以出名，和两位名人有关。

　　一位是嘉庆年间的著名诗人洪亮吉。当时，他因为上书嘉庆皇帝，直陈当朝官员"以钻营为取进之阶，以苟且为服官之计"而获罪，先被关押在莲花寺，然后被发配到新疆伊犁。那一年的秋末冬初，洪亮吉在这里和亲朋好友话别，莲花寺该是何等萧瑟的情景。后来，全国干旱成灾，嘉庆皇帝后悔对洪亮吉的判罚，亲自写下为其平反的手谕，写完"钦此"二字时，天空雷雨大作。这样神奇的因果故事，为莲花寺平添了一抹别样的色彩。

另一位是民国时期的教育家兼画家姚茫父。关于姚茫父和莲花寺的一段传奇，后人记载很多。其中陈宗蕃在《燕都丛考》中记载得最为言简意赅："烂缦胡同，《顺天府志》作烂面胡同……稍南曰莲花寺湾，有莲花寺。贵筑姚茫父华居此二十余年，读画吟诗，名流常集。"说是名流常集，一点儿不假，不要说京城画家，就连京剧界的名角如梅兰芳、王瑶卿、程砚秋等人，也常到这里找姚茫父求教，踏破了小小寺庙的门槛。寺以人名，名人效应让这座莲花寺不想出名都不行。

当时军阀混战，战火连天，姚茫父才避难于此。北京城大小寺庙很多，为什么独选此处？《顺天府志》中说莲花寺"寺中树木蓊郁，门径极佳"，这大概是姚茫父避居在此的原因，不过，其后烽烟四起，莲花寺连同它所在的胡同都逐渐荒凉了。

《顺天时报丛谈》说，莲花寺当时的住持是一个叫瑞禅的和尚，他"工绘画，喜风雅"，所以"一般名流多雅集于此"。这话说得不差，晚清著名诗人陈石遗就曾在莲花寺中寓居。名流雅集于此，形成了气味相投的气场，才是姚茫父愿意住在莲花寺的主要原因。他自称为"莲花庵主"，一住竟住了长长的二十余年。后来，姚茫父曾经做过一首《芳草渡》，有这样几句："事随燕去，剩我在城南萧寺，其巷陌畅通，荒湾似水。"萧寺，自然指的是莲花寺；荒湾，指的是莲花寺前的小胡同莲花湾，原来叫做七井胡同，莲花寺出名之后，改为莲花湾。如今，莲花寺早已不存，那一片的好几条小胡同，统统都叫做烂

想象中的莲花寺

缦胡同了。

张江裁和他父亲住在烂缦胡同的东莞会馆，那里离莲花寺很近。他曾作《莲花庵记》一文，文中说："寺所在深巷，名湾，曰莲花湾，省之曰莲湾，实无水，但荒凉若水耳。丙寅秋，姚师复有题莲花庵一律，以陈丈师曾所为图本，合裱成册，亦旧京一段佳话也。"

可惜，姚茫父的这首诗，陈师曾的这幅画，连同莲花寺，我都无从看到。每一次去烂缦胡同的时候，我总是在想，荒湾似水的一条小胡同里，一座荒凉的小庙，却曾经有过诗，有过画，当然，更有过这样有抱负有志气有才华的名人雅集。这样的小庙，真的是庙小神通大，简直可以和后来出现的文艺沙龙相媲美。只是那个年月里，生活艰难，小庙里难有咖啡、蛋糕，和穿着旗袍袅袅婷婷的典雅女人，更难有如今的红地毯、镁光灯和排座位的醒目座签。那里荒湾似水，却也心如止水，有一份世事喧嚣中难得的幽静。

82 万佛堂

出高速坨里出口，沿房东路一直走，拐过一道弯，再走一段路，往左手方向拐，便是山间小道了。虽然已是秋深季节，树木依然一片葱茏，没有香山一带红叶满山的情景。这里是云蒙山的南端，气候要暖和一些。

按照导航的提示，车子沿着山道往前开，在山脚下停下。拐角处，灌木丛中有唯一的一条更窄的小道。万佛堂就藏在这片草木掩映的山里。都说深山藏古寺，一点儿不假。

小道很窄，碎石子铺路，杂草丛生。不过，沿途乡间风光很是久违，收割后的玉米棒子高高挺立在秋风中，枯黄的叶子飒飒作响，清脆欲碎。金黄的磨盘柿子垂挂在枝头，色彩格外浓郁，点缀在绿色草木的背景之中，有一种油画的感觉。一路的风景，成了万佛堂出场的前奏。一直走到山脚下，先看见浅灰色的塔顶，像威武的主角一样，不动声色地浮现在绿树上面，无语而沧桑。

万佛堂就在塔下面。这座塔非常有名，它是辽代的古塔。北京有名的塔很多，辽代的古塔也有不少，城里天宁寺的古塔就是辽代的。但是，建于辽咸雍六年（1070）的这座花塔，是北京乃至全国现存年龄最老的一座古塔。之所以称之为花塔，一是因为它有八层，层层上叠，宛如花瓣重叠盛开；二是因为佛教里有"莲花藏世界"的说法。民间的俗称，和佛家的奥义，都寄托在"花塔"这个名字里面了。

先下去看万佛堂。可惜，万佛堂被铁栏杆围起来了，无法进去。万佛堂前有一长方形巨大水池，水池尽头有一山洞，便是有名的孔水洞。这个洞极为神奇，洞内通有云蒙山里的山泉，曾经四季泉水不断。看过一张老照片，水多的时候，那方巨大的水池中水流汹涌，颇为壮观。以前，仿燕京八景，曾有房山八景之一"孔水仙舟"。据说，洞内还有石刻的黑龙、白龙和镇水的九条金龙。后来，孔水洞枯水之后，挖到了七条金龙。新中国成立之后，在附近建立了房山煤矿，矿上生产和生活用水用的都是这里的泉水，想想，够奢侈的。

孔水洞的神奇，不仅在于泉水，更在于洞内藏有天机。隋唐时代刻在岩石上的经文和一批浮雕石佛像，簇拥在洞内，让一座普通的石洞变得一下子有了生气和仙气。不知道是什么人如此鬼斧神工，把这样一大批宝贝刻在洞内，留给后人。万佛堂，就是因它而建。我猜想，洞东西两侧的宝塔，也应该是由它而建。如今，万佛堂前，立有一块石碑，上面刻着"全国文物保护单位：万佛堂、孔水洞石刻以及塔"。可以说，孔水洞是堂和塔之母，没有孔水洞，便不会有堂和塔。

据说，以前花十元钱可以进洞一观奇观，也可以进万佛堂参观。万佛堂，最早建于唐代，名为万佛龙泉寺。这个名字，正说明寺依托洞而建的因缘。在唐代，有说是一位将军，有说是一位官员，也有说是一位和尚，看见洞内神奇的石刻佛像经文而修建了万佛寺。唐代的万佛龙泉寺早已不存在，如今的万佛堂是明代重建的，虽无法进入，还是依稀能看到万佛寺门上方长方形门额上写着"大历万佛龙泉寺宝殿"几个字样。万佛堂里，有汉白玉石雕，墙壁上密密麻麻地雕刻着各种生动形象的佛像，号称万佛。如今，人们将它的原名"万佛龙泉寺"简称为万佛堂，突出的是它殿内的佛像，而将孔水洞弱化。其实，它们是有主次之分、辈分之分的。万佛堂前，立有明清两块石碑，印记着历史传承延续下来的足迹。

万佛堂前面，还有一座宝塔，是元代的塔。和花塔一样，也是灰色的砖塔，只是和花塔的形状不同。它比花塔小一些、矮一些，少了一层，被称为七级密檐式塔，由一位僧人的名字命名：龄公和尚舍利塔。这位和尚是埋在塔下的，这个塔名显示了对他的纪念和敬重之情，这样的塔名，在我国的古塔中并不多见。

我坐在塔前面画它。七层塔身变化不大，渐次缩窄入天，每层八角，有不明显的飞檐。每一层都有木结构建筑常见的斗拱和瓦当。画完之后，走近一看，才发现树木掩映之中，塔的须弥座上，有三层莲花，烘云托月一般，层层托起塔身，真是非常精美。

最后看花塔，铁围栏四周供放着很多祭品和鲜花，说明人们对它的重视显然多于元塔。重视的原因，也不仅仅是因为花塔年代更为久远，它确实更为精美绝伦。刹顶已毁，八层圆柱形的塔身，由大变小，人们说它状若竹笋，我觉得它更像是一柱拔地而起的擎天玉杖。

万佛寺妙相亭

八层塔身下面，有两道腰檐，很像民居的房檐，上铺瓦，下设木檩。檩条都被涂成鲜红的颜色，显然是今人所为，格外突兀。趴在围栏前仔细看，能看到须弥座上方的佛龛，每座佛龛里都刻有佛像浮雕，可惜，不少佛像的头都没有了。座上的浮雕历历在目，各种菩萨，各种神兽，鳞次栉比，神灵活现。各角上的托塔大力士形象，真的像在使着浑身的气力，生动得很，所幸大多完好，没有损坏。还有没被损坏和破坏的，是花塔各角的缠枝花卉，都还清晰如昨。

花塔在坡上，坡前有一溜儿石台，台上晾晒着一溜儿山楂和柿饼，还有豆角干和茄子干，散发着浓浓的生活气息。石台前面是一座楼房，有些旧了，红色的墙漆已经斑驳脱落，一瞬间，把我从古塔古寺所处的遥远年代拉回了现在。

从楼里走出一位大婶，到石台前翻晒她的柿饼。我问她：这楼里住的都是什么人？她说：住的就是我们呀！我问她：你们是做什么工作的？她指指坡下，对我说：我们都是前面这个村子里的，万佛村的农民，现在房子都拆了，暂时住在这里，当周转房，等着以后住新楼呢！我又问她：那以前住在这楼里的都是什么人呢？她告诉我：都是房矿的。我明白，她指的房矿是房山煤矿。如今煤矿早已停产，万佛村也没有了，以后这里会变成什么样子呢？会依托万佛堂和这两座古塔，以及山上的关帝庙，开辟成一座公园，建成一个旅游景点吗？

趁着它还没有变成旅游景点之前，先来这里看看，踏迹怀古也好，迎风遐想也好，即便无法进万佛堂，隔栏遥遥相望，也要比变成园林化的景点要别有一番风味。充满一般景点一览无余而少有的想象空间，多了一点儿遗憾和感叹之余的悬念。

望着栏里苔痕苍绿斑斑，望着洞口深邃幽幽，望着塔顶上面天空的秋云寥廓，再看看有着几十年历史的老楼，再和新时代的农民攀谈几句家常，会有一种穿越时光，"归来沧海事，语罢暮天钟"的感觉。想想，一千年流逝而无形的时光，因为有了塔和寺庙以及周围这一切的存在，而变得可触、可摸。一座高耸入云的辽代花塔，成为逝去的历史时光的一种物证，能让我们看到过去近一千年的沧桑岁月，不仅是遥远的，也是近在身边的，不仅是可以怀想的，也是可以触摸的。

北京，真的是一座历史悠久的古老城市，在北京旅游，可去的地方太多，避开那些人流如织的热闹之地，到这样暂时还显得有些荒寂而又清静（还不要门票）的地方，收获真的会大不一样。

下山时，禁不住回头望望那座高耸的花塔。秋风中送来草木的清香。忽然想起，来之前在网上看到的一张照片，是春天时的花塔，塔的背后盛开着一片洁白如雪的杏花，衬托着灰色的花塔，色彩鲜明，真的漂亮。

这是2019年秋天的事。当时想，来年春天再来一次，看看杏花簇拥中的花塔和万佛堂。第二年疫情来了，一晃蔓延了两年。不知道疫情什么时候能够结束，还是想再去一次。

83　东单公园

春末的一天，我去崇文门饭店参加一个聚会，时间还早，便去北边不远的东单公园转转。二十世纪三十年代，陈宗蕃在《燕都丛考》中说："入崇文门而北，为崇文门大街，其西仅有同仁医院及利亚药房，北面均系空地，各国跑马场在焉。"再往前回溯，这里是八国联军入侵北京后的练兵场。新中国成立之后，在这块空地上，建起一座街心公园（1955年）和一座体育场（1957年）。这座街心公园便是东单公园，当时应该是北京最大的街心公园。

小时候，家离这里很近，常到这里玩。记得上了中学之后，第一次和女同学约会，也是在这里。那时正是春天，山桃花开得正艳。以后很少来这里了。特别是有一阵子，传说这里晚上是谈情说爱之地，甚至传说是同性恋相聚之地，很有些聊斋般的暧昧和狐魅，和少年时的清纯美好拉开了距离，就更没有到这里来了。

如今，公园的格局没有什么太大的变化，假山（当年挖防空洞的土堆积而成）经过了整修，增加了绿地和花木，还有运动设施。中间的空地上，人们在翩翩起舞。踢毽子的人，早早脱了上衣，一身热汗淋漓。工农兵塑像前的围栏上，坐着好多人在聊天、下棋。黄昏的雾霭里，是一派老北京悠然自得的休闲图景。

我在公园里转了整整一圈，走在假山前的树丛中的时候，忽然听见身后传来一声清亮的叫声：爷爷！明明知道，肯定不是在叫我，还是忍不住回过头去，只见一个四五岁的小姑娘正向她的爷爷身边跑了过去。她的爷爷站在一棵高大的元宝槭树下面，张开双手迎接她。正是槭树落花的时节，伞状的花像米粒一般小，金黄色，很明亮。细碎的小黄花落满一地，像铺上了一地碎金子。有风吹过来，小姑娘的身上也落上好多小黄花。还有小黄花在空中飞舞，在透过树叶的夕照中晶晶闪闪地跳跃。

我的小孙子也是用这样清亮的嗓音叫着我：爷爷！

那是两年前的夏天，也是在公园里，不是东单公园，是在北海公园；不是槭树花落的时节，是紫薇花开得正旺的夏天。

84　儿童影院

小学四年级的时候，张老师带我们全班同学到儿童电影院看电影。

儿童电影院在王府井南口路东，进崇文门，到东单，过长安街，到东单菜市场，往西拐，沿着一条小路，走不多远就到了。从学校到儿童电影院，需要走二十来分钟。

那时候，这条长安街旁的小路真是漂亮。路旁是一条带状的街心花园，种着好多花草树木，树木的枝条袅袅婷婷，迎风摇摆，遮挡住长安街车水马龙的喧嚣，让这条小路分外幽静。也许是那时候年龄小，见得少，觉得除了正义路，这大概是北京城最漂亮的一条小路了。

这条小路的建成，要归功民国时期做过内务部总长兼北京市政督办的朱启钤。有皇帝的时候，长安街是皇家的御道，普通百姓不能走，是朱启钤打通了长安街，让百姓可以畅行无阻。这里是原来的东单头条，长安街可以通行之后，紧挨着长安街的东单头条近水楼台先得月，有了生机。先在东头拆掉一些民房，盖起了不小的东单菜市场，方便了附近居民买菜，接着向西进发，紧贴着东单菜市场，陆续盖起了邮局和美琪电影院。洋人也看到了商机，跟进盖起了一些洋楼，作为旅馆和办公楼。交通的发达必然带来商业的发达，这条小路成了娱乐一条街，日渐繁荣，昔日东单头条的平房被拆除殆尽。新楼盘、新建筑群的兴起，必然是以拆除旧房为代价的。一条老路——东单头条——消失了，一条新路诞生了。

儿童电影院，便是在这条新路的路旁建筑群兴起时建起来的。它是由洋人建的一座叫做"平安"的电影院，因为这里靠近东交民巷的使馆区，所以是一家专门为洋人服务的电影院。当时的美国大片《出水芙蓉》，最早就是在这里放映的。

当然，这些历史是我长大以后知道的。小学四年级，我第一次知道北京城还有这样一个专门为小孩子建的儿童电影院，也是第一次走进这座电影院。同时，也是第一次走在这条漂亮、幽静的小路上。

我一直不知道这里叫什么名字，大人们管这里叫东单小树林。其实，说小树林有些夸张，因为这里的树没有那么多，而且也都不高、不粗。不过，它足有十来米宽，在闹市里，有这样一条这么宽的绿化带，确实不简单。读中学的时候，我独自一人，或和同学一起，偶尔会到这里来。小路西口，拐进王府井不远，有一家新华书店，应该是当时北京最大的新华书店。我经常到那里买书，冰心的《樱花赞》、袁鹰的《风帆》、柯蓝的《早霞短笛》、萧平的《三月雪》，都是在那里买的。小路东边有青年艺术剧院的剧场，就是原来的美琪电影院，我去那里看过话剧《伊索》和《桃花扇》。

那时，这条小路很特别，高出长安街足有两米多，一溜儿虎皮墙，很漂亮，墙下面是便道，墙上面是小树林，灌木丛中堆砌着各种各样的石头。无聊的时候，我和同学坐在那里，看长安街上来往跑的汽车。有一个同学对各种汽车的牌子了如指掌，便会对那些飞驰而过的汽车指指点点，告诉我们都是什么牌子，好像那些汽车都是他亲手制造出来的一样。还有一个同学，对世界各国首都的名字记得门儿清。我们考他，他应答如流。我们惊讶不已，他得意万分。

偶尔，星期天的下午，从新华书店买完书，我会一个人到儿童电影院看场电影。看完之后，走出电影院，黄昏垂落，夜幕降临，小路上的路灯渐次亮了起来。有时，走到东单菜市场，马路对面有家小吃店，去那里买个火烧，吃碗馄饨后回家。中学时代，难得有闲跑到这里，有些青春期的落落寡欢，又有些小布尔乔亚莫名其妙的惆怅，似乎那里有对应这种情绪的情调和氛围。

中学毕业，去北大荒之后，很少到这里来了。后来建东方广场，拆掉了这一溜儿虎皮墙，拆掉了这条小路和小路旁洋味儿十足的漂亮建筑。这些情况我都不知道，我知道的时候，东方广场已经如庞然大物一样矗立在那里了。

庞然大物好，还是虎皮高墙上的小路、小树林好？这有点儿像小时候问永远不长大好，还是长大了好一样。反正儿童电影是彻底没有了，如今的北京城，再没有专门为孩子建的儿童电影院了。

对于我，这里印象最深的还是儿童电影院，而且是小学四年级时候的儿童电影院。我到现在还记得，那是一座米色的二层小楼，那时刚被改造成儿童电影院不久，内外装饰一新。我还记得，那天看的电影是《上甘岭》。

我的票子在楼上，因为在楼下的小卖部花五分钱买了一支小豆冰棍，吃完后才跑上楼，耽误了时间。电影即将开始的预备铃已经响了，灯光一下子暗了下来，我看见一层层座位由低而高，像布在梯田上的禾苗。特别让我感到新奇的是，每一排座椅下面，都安着一盏小灯，散发着柔和而有些幽暗的光，让迟到的小观众不必担心找不到座位。那一排排小灯，让我格外感兴趣，觉得特别新鲜，以至于看电影时总是走神，忍不住低头看那一排排灯光，好像那里闪烁着什么秘密，或者藏着什么好玩的东西。

张老师是我们的班主任，教我们语文，他带我们到儿童电影院看电影是有目的的，就是让我们写作文。那是我们的第一次作文课。张老师让我们写的作文就是写这次看电影。他说：你们怎么看的，怎么想的，就怎么写。你觉得什么有意思，对什么最感兴趣，就写什么。我把我感受到的一切都写了下来。当然，我没有忘了写那一排排我认为最有意思、最新鲜的灯光。

没想到，第二周作文课讲评时，张老师给全班同学朗读了我的这篇作文。几十年过去了，我还记得特别清楚，他特别表扬了我写的那一排排灯光，说我观察得仔细，写得有趣。他那浓重的外地口音，听起来都那么亲切。作文里所写的一切，好像不是我自己写的，而是别人写的似的。童年的一颗幼稚、好奇的心，第一次对作文产生了浓厚的兴趣。

张老师对这篇作文也提出了意见，只是具体是什么意见，我统统忘记了，虚荣心让我光记住了表扬。但是，我记得从此之后我迷上了作文，作文课成了我最喜欢、最盼望上的一门课。如果没有这篇作文，也许我不会喜欢上写作。如果没有儿童电影院，也就没有这篇作文。有的地方，虽然只是擦肩而过，却成为人生的节点。有的事情，有的人，就是这样偶然地出现，不知道哪一片云彩会落下雨点。

85　长安大戏院

　　那天到长安大戏院看戏，去得早，就在戏院前的京剧大花脸的雕塑前溜达。长安大戏院是家老戏院，在北京城很有名，不过原来不在这里，在西单十字路口的东南角，当年梅兰芳等名角都在这里演出过。它一直挺立到二十世纪九十年代初，在京城的老戏院里，算是命够大的了。1996年，它被拆迁到了建国门这里，名字还叫长安大戏院，却已经面目皆非。在西单时，它的门前很窄，紧贴着长安街，但旁边的小店很多，烟火气十足。记得旁边有家面包房，兼卖西式快餐，价钱不贵，戏开演前在这里吃点儿东西，非常方便。几乎每一次到那里看戏，我都会到面包房吃点儿东西。如今，长安大戏院鸟枪换炮，不仅大厅轩豁，门前还有了不小的广场，立有醒目的花脸雕塑。

　　灯影中，一个小伙子向我走了过来，亮亮的大嗓门儿问我：有富裕票吗？我说没有。他马上问：那你要票吗？我知道碰上票贩子了，便问他：多少钱一张？他立刻从衣袋里掏出一沓子票，对我说：那得看你要多少钱一张的了。我抽出他手里最上面的一张，看了看票面定价是二百八十元，问他：这张多少钱？他说：看你是个看主儿，卖你八十元。我又看了一眼票，看到上面的左下角印着"赠票"两个字，便又问他：这不是赠票吗？他笑笑，不说话，讳莫如深。

忽然，小伙子抬头看了我一眼，好像是为进一步博得我的信任，让我不能小瞧他，他从衣兜里掏出一张名片递给我：你可以随时找我，想找什么票都行，我就是干这个的，正规的，我们是一个公司。

好家伙，如今北京的票贩子都升堂入室，有名片了。我看了看名片，正面印着"北京市新世纪票务公司"的字样，小伙子姓曾，名片上印着"业务主管"的头衔，还印着地址和电话。背面印着这样几行字："收售北京市文化演出门票（演唱会、芭蕾、体育等……）以诚守信，免费送票。"有买有卖，有接有送，这买卖还真的做大了。只要有卖票的地方，比如火车站、医院，都有票贩子，票贩子成为了五行八作中的一个新行业，并且渐具规模，真是让我吃惊。

我笑着对小伙子说：我有票，以后找你买票。小伙子以买卖不成仁义在的态度大方地和我分手，跑到别处去兜售他的票。

坐在戏院里，想起文艺复兴时期的音乐家蒙特威尔第。他将歌剧从宫廷引入民间，让普通百姓看得起，在威尼斯歌剧院演出时，一张门票才卖两个里拉，便宜得让我们瞠目结舌。我们实在应该向蒙特威尔第学习学习。我们现在学会了变着法儿地赚钱，要想学会蒙特威尔第的心地，比学会他的艺术还难呢。

86　花园大院

北京胡同的名字很有意思，有的土得掉渣儿，比如狗尾巴胡同、粪场大院；也有的很雅，像百花深处、什锦花园、芳草地、杏花天……花园大院也是一条名字很美的胡同，它位于石碑胡同旁边，西边靠近西单，东临天安门，背靠前门大街，是一条闹中取静的胡同。

除了我住的老街之外，花园大院是我很熟悉的一条胡同。那时候我五岁，母亲突然去世，父亲常带我去他唯一的朋友崔大叔家。崔大婶和我母亲是河南信阳老乡，从小一起长大，两家自然很熟。花园大院的胡同尽头，就是崔大叔家。他家门前有棵老槐树，春节去拜年时，老槐树疏枝横斜，夏天去串门，老槐树下一地槐花如雪。我很愿意去他们家，特别是崔大婶待我就像母亲对儿子，总会让我涌出分外亲切的感觉。

1970年的冬天，我到北大荒两年多之后，第一次回北京探亲，自然要先去崔大叔家。从我进门到落座，崔大婶的目光一直落在我的腿上。我穿的棉裤厚厚的，笨重得很，棉花赶毡，臃在一起。崔大婶没说什么。离开北京要回北大荒之前，我去崔大婶家告别，她拿出一条早已经做好的棉裤，让我换上。仿佛要和我穿的这条笨拙的棉裤故意做对比似的，那条棉裤又薄又轻。我对崔大婶说：北大荒冷，我穿不上这个！崔大婶笑着对我说：傻孩子，这是丝绵裤，比你身上穿的暖和多了！快换上，北大荒天寒地冻的，别冻坏了，闹成了寒腿，可是一辈子的事。

这是崔大婶为我特意做了一条丝绵的棉裤，这是我这辈子穿的第一条也是唯一一条丝绵裤。那棉裤做得特别好，由于里面絮的是丝绵，又暄腾，又轻巧，针脚分外地细密。我换上这条丝绵裤，感动得很，一再感谢她，并夸她的手艺好。她叹口气说：你的亲娘要是还活着，她比我做活好，比我的活还要细呢！她说这番话的时候，我从她的眼睛里能够看到对往昔的一种回忆，也让我看到只有作为母亲才有的慈爱之情。

如今，花园大院已经没有了。因为建国家大剧院，花园大院拆迁，崔大婶一家被分到了玉蜓桥边的高层楼房里。

87 义达里

义达里的名字，一看就知道不是太老的胡同。北京城的老胡同，没有叫"里"的。天津五大道周围有很多叫"里"的胡同，大多建于民国时期。北京的和平里和永安里，则建于北平和平解放之后的二十世纪五十年代。

义达里的格局，也不像一条胡同。它是围合式的一个小小的社区，里面有七个小巷子，相互贯通，房屋密密地勾连交错。胡同里东拐西拐，像个迷宫。它的进出口是朝西的一个大门，大门是个月亮门，有女儿墙，还有匾额，上有张作霖帅府的总务处长张济新书写的"义达里"三个颜体大字。看题款，写于民国二十五年仲春月，也就是1936年的春天。

义达里位于西单之北，西安门之南，坐公交车在缸瓦市一站下，路东不远便是。有介绍说，它在羊皮市胡同和颁赏胡同之间。查陈宗蕃《燕都丛考》，在当时的内四区里，只有羊皮市胡同和颁赏胡同，没有义达里这个名字。在羊皮市胡同和颁赏胡同之间，只有朗贝勒府和礼王府。《燕都丛考》出版于1931年，义达里的匾额上的题款写的是1936年，便猜想，陈宗蕃写这本书时，义达里尚未建成，它应该建于

1936年之前的那一两年。

义达里，是将旧日王府改造成民国风格的新式社区。在没有成片楼房形成的社区之前，义达里这样新旧结合、中西互用的建筑格局，有些过渡和实验的性质。和以往平直的胡同交错纵横的居民区相比，当时应该是比较新鲜的。这样围合的格局，可能是出于安全和便于管理的双重考虑吧。

在我看来，它更像是多重四合院的扩大版，只不过，这里既有平房组成的小院，又有西式的楼房。这里有大小楼房十二座，旧时将十二称为"一打"，便有这样一说：义达里的"义达"是"一打"的谐音。不过，我以为这大概只是民间传说，义达，讲究义气和信达，更符合中国人的传统文化心理。

义达里，我只去过一次。那是二十世纪七十年代初期，同在北大荒的一对北京知青在北京结婚。那时候，我们都还在北大荒没有回来，生活没有那么富裕，在颠沛流离之中更没有那么讲究，他们没有办什么婚礼，只是请我到他们家聚聚。他们的家便在义达里，临时借的一间房子，简陋，逼仄，成了他们度蜜月难忘的新房。

义达里我知道，很好找，坐公交车从西单往西四，驰过缸瓦市，它大门上"义达里"三个大字很醒目，总从眼前掠过。我父亲在西四的税务局上班，小时候坐公交车去父亲那儿，总要路过义达里。

进义达里的大门，七拐八拐，问了几次人，找到了他们的临时新房。房间里很暗，大白天也得开灯。一对新人，年龄和我一样大，同为66届老高三的学生，男的爱画画，女的爱文学，郎才女貌，很不错的一对。我们凑在一起，很谈得来，从下午一直聊到晚上，依然意犹未尽。他们留我吃晚饭，就是一碗热汤面。那碗热汤面，做得真是很好吃，记忆很深，至今难忘。

正是冬天，煤火炉就放在屋子中间，厨房也在屋子里边。他们二位相互配合，先把猪肉切成丝，用酱油、盐、白糖、味精、葱丝、姜丝调好、煨好，捅开煤火，煮开水后下挂面，等面煮熟，最后下肉丝，来回一搅和，等再次开锅，立刻关火。面用大勺盛出，非常香。一口气吃下半碗，才想起以面汤代酒，祝他们新婚快乐。然后，我连夸他们的手艺，简单却高超，有肉有面有汤，有情有致有味儿！

几年之后，我先返城，他们在我之后回到北京。听说他们在没回北京之前就已经离婚了，我替他们惋惜，想起义达里他们那间临时的新房，也想起那天晚上那顿美味的肉丝热汤面，心里便想，新房再旧，再破，也是自己家的才好，临时借来的房子做新房，不吉利。

88　淑　园

　　民国时期，北京城新建了一些私人花园。这些园子和旧时的王府不尽相同，建筑、花木的格局颇为新潮，如果主人是留洋归来，这种特点就更加明显。淑园就是其中之一。

　　淑园的主人是陈宗蕃先生，我对他一直非常感兴趣。读了他的书《燕都丛考》后，十分钦佩。他以一人之力，积十余年工夫，钩沉典籍，寻访胡同，写下了这本北京街巷大全，其深邃功力与深远影响，迄今无人可及。爱屋及乌吧，因为这本书，才对其人其园感兴趣。

　　陈宗蕃是福建人，光绪二十八年（1902）中举进京，后以刑部官员的身份官费留学日本。淑园，是他在1923年从日本归来之后买地，自己设计建成的中西合璧的别墅园林。他在《淑园记》中自述："旅京二十年，节衣缩食，薄有余积。岁癸亥，乃择地于地安门之左，曰米粮库者而居焉。"淑园占地十余亩，地盘不小，买内城这样大的地盘，陈宗藩说他需要节衣缩食。但那也得有不少银两才行，要不就是当时地盘便宜。

　　淑园最大的特点，是花木品种繁盛，大概京城的私家园子难以与之匹敌。据陈宗蕃自己记载，就有"桃、杏、李、栗、梨、葡萄、苹婆、樱桃之果，海棠、玫瑰、蔷薇、玉簪、木槿、紫薇、芍药之花"，可谓五彩斑斓。淑园的另一特点，是它东墙之外与皇城城墙紧紧相连，要说皇城根下，淑园才真正是也。当年，即1927年，淑园建成不久，内务部下令拆除皇城，这一段红墙，被陈宗蕃出资买下，方才得以保护，也算是做了一桩善事。

对于我而言，我以为淑园最大的意义是陈宗蕃在这里写下了《燕都丛考》。淑园曾经还是胡适创办的《独立评论》的编辑部。1931年，陈宗藩写完三编《燕都丛考》之后，便将淑园脱手卖给了画家陈半丁。他建这个园子，好像就是为了写他的这部书，这与很多人花钱买地置房享受占有的欲望和价值观相去甚远。

淑园，串联着几位名人，记载着一段历史。可惜，如今已经找不到痕迹了。

当年，陈宗蕃保护下来的西黄城根那一段皇城墙，也没有了。

89　灯市口

　　灯市口最辉煌鼎盛的时期是在明朝，这要归功于那时候的上元灯节。上至皇帝，下至百姓，都非常热衷过上元灯节。上元灯节的排场，也就是这时候从宫廷逐渐流入民间的。明末清初时，有竹枝词写了那时的辉煌："八宝龙灯舞万回，烟光玓瓅百花台。夜明珠挂通明殿，烧海仙童月下来。"那时，灯节已经从皇宫里闹到了闹市中心，灯市口离皇城很近，位置得天独厚，每到上元节，灯海和人海交织在一起，成为搅腾得最为热闹的地方。灯市口这个地方，虽然再无当年灯市的辉煌，但记录着曾经辉煌的历史。

　　灯市口，如今是个丁字路口，路东原来有一家音像制品商店。以前，我常去那里买CD唱片。

　　那一晚风很大，我赶到灯市口这家音像商店时已经很晚了，生怕人家关门。

　　它身处闹市，四周的店铺都洗心革面装潢一新，逼得它也里外换装。辉煌的灯光辉映着堂皇的落地玻璃门，让外面的人能看得清店里面的肠胃。我推开玻璃门进去，一阵悠扬的音乐声如春水般荡漾着，迎面的大屏幕电视里正播放着镭射影碟，一个胖胖的女歌唱家在引吭高歌，唱的大概是莫扎特哪部歌剧里一个咏叹调，极其抒情委婉，千转百回，柔肠绕指。

令我奇怪的是，偌大的店铺里，除了正中央站着一个年轻姑娘，角落收银台旁坐着两个售货员之外，居然没有他人。动情的音乐水银泻地般肆意流淌，我注意地看了看，那姑娘身穿一件蓝色防寒服，与门外奔波在风中时髦的红男绿女的鲜艳装束太不一样，长得也极其平常，属于那种没有什么特点极容易和一般女人混同的灰姑娘。她面朝着电视屏幕，神情专注，旁若无人，听得投入，仿佛格外感动，眸子里闪烁着异样的光彩。而那两位售货员一老一少、一男一女，面无表情，望着窗外，默默无语，大概总听这支音乐，耳熟能详，耳朵磨出了茧子，不感兴趣了。那姑娘也毫无姿色可言，勾不起他们秀色可餐的欲望。他们和姑娘中间隔着许多摆放激光唱片的架子，琳琅满目的唱片如同色彩缤纷的灌木丛，遮挡住他们的面容，谁也看不见谁，各不妨碍。你看你夜色中的街景，我听我荡气回肠的音乐。

新装修的这家商店，是里外两间，里面原来做库房用的房间也用来陈列唱片。我到里面去看唱片，不住地看表，毕竟已经到了人家快打烊的时候了。表的指针指向店家关门的时候，外面的音乐还在尽情地荡漾。虽然一点儿也没有催我离去的征兆，我自己倒先沉不住气了，要知道，现在不少店家没到关门的时候，就像火车尚未到终点就提前开始收拾卧铺的铺位一样，催得你想赶紧逃走了事。售货员谁不想早点下班回家呀，尤其是在这样寒风刺骨的夜晚，家无论对于谁来说都是无法抗拒的诱惑。

我忙走出里屋，电视里的音乐还在响着，店中央那个姑娘还站在那里听着，角落收银台旁那两位售货员还在默默无语地待着。那一刻，仿佛只有音乐回荡，没有了夜晚，没有了寒风，没有了打烊……那一幅以美妙音乐做为背景的图画，是这样的恬静美好，让我涌起一种久违的情感，不禁格外感动。

就这样，一直到那首长长的咏叹调结束，音乐声戛然而止，屏幕上闪烁出雪花，那个姑娘才转过头来，冲那两位售货员微微一笑。那两位售货员站起身来，冲那姑娘、也冲我微微一笑。我们走出玻璃大门，他们开始打烊。那姑娘很快消逝在夜色中，我走出老远回头一望，那家店铺里的灯光正在一盏盏熄灭。

那一晚，风很大，音乐很美，灯市口很让人难忘。

90 月 坛

二十世纪八十年代后期到九十年代初，北京邮市最红火。那时候，北有月坛，南有宣武文化馆、崇文文化馆、陶然亭，东有东区集邮门市部内外，西有黄庄……其中规模最大也最为规范的，当属月坛公园内的邮市。

它开张于1988年，位于月坛公园北面拐角处，用一圈铁栅栏围起，尽头还有一角用塑料布搭成的凉棚，便于下雨时交换邮票。

我集邮，星期天常去那里转悠。我集外国作家和音乐家的邮票。月坛邮市里外国邮票不多，即便经营外国邮票（他们简称为"外票"）的邮友，大多连斯科特目录都看不懂，远不如对中国邮票懂行。所以，我要找的邮票很少，常常是无功而返，但我乐此不疲，总想碰碰运气。

那是月坛邮市的鼎盛时期，一套T89仕女图三枚邮票外带一枚小型张，面值二元八角八分，可以卖到四十元。更不用说猴票、文革票和梅兰芳票了。大把买进，大把抛出，批发零售兼营，成版成版抛售。成交额上千上万元的邮票不在少数，邮市火热得爆棚，近似股市的疯狂。今天逛月坛的人们，难以想象当年曾有这样壮观的一景！

　　逛月坛邮市，让我感慨。邮票具有商品属性，却不是纯粹意义上的商品。邮票可以升值或贬值，却与股票的升贬分属不同范畴。股票，你大可认为就是钱的代名词，而邮票毕竟是国家的名片。因此，当邮市产生暴利，将邮票本来的功能忽略，邮市也就开始畸形化。邮市火爆得快，跌落得也快，就是自然而然的事了。

　　没几年，北京那么多家邮市，只剩下月坛一家。最后，月坛卖的中国邮票有不少居然低于面值还卖不动。月坛邮市寿终正寝，我几乎见证了它的兴衰史。

　　月坛邮市消失之后，我再也没有去过月坛。

91　二　闸

北京有好多消失的风景，二闸是其中之一。

大运河水正是从这里流到了北京城。它在这里缓缓跌宕了一下，像是长跑运动员快要跑到终点，呼出一口长气，喘息了一下，舒展了一下腰身，把最好的精神气儿和景色，一并留在了这里。

当初，在这附近一共修有五闸，目的是为了蓄水，以备通惠河水浅时所需。这里是第二道闸，又叫庆丰闸，距东便门三里。由于拦腰截断了河水，上下水位悬殊，形成了一道十余丈的瀑布。二闸两岸风光旖旎。清诗有句："乘舟二闸欲幽探，食小鱼汤味亦甘，最是望东楼上好，桅樯烟雨似江南。"

二闸，夏天最热闹。这里不仅酒肆茶楼林立，还有艺人表演，也有人在水中泛舟和游泳。被叫作"水耗子"的小孩子，站在瀑布的高处，待游人扔入水中钱币、鼻烟壶甚至戒指之后，跳入水中，从水中将物品捞出。这成为当时一项游人趋之若鹜的节目。1927年，沈从文和胡也频一起游二闸，就有孩子为他们表演跳水捞钱的传统节目。而且，看到十来丈长的运粮船改成了娱乐喝茶的场所，沈从文还感慨，大运河这最后一段，让"二闸赋予北京人的意义，且富雅俗共赏的性质"。

如今，二闸旧址尚在，风光不存。在旧址处新修了一座庆丰桥遗址公园，人们在这里，只可遥想当年了。

92　土城公园

　　上一次来，朝南的这个门变得很窄，但还是开着的。为防止自行车进入，前些年安装了曲形铁栏杆，只能容一个人进出。最早的时候，这里很开阔，迎面是一片地柏，现在已经没有了，右手一侧的土高坡还在，那就是元大都的城墙，土城因此得名。这一次来，因为疫情，窄门已经关上了，只能往东走大门了。

　　三十七年前，我家住在土城旁边，走路两分钟就到这里。那时，只有这一道土城，如蛇一般自东向西迤逦而来。说是土城，其实就是一道一人多高的土坡，上面有稀疏零落的树木和荆棘，风一刮，暴土扬尘，真是名副其实的土城。四围正在修路，土城公园尚在绿化布局。那时候，我的孩子才四岁多一点，土城公园成了他的乐园，几乎天天到那里疯玩。

　　孩子上小学一年级的时候，土城公园修成了，河道疏通了，岸边种上杨柳，盖了一些亭台，还竖立有石碑，上面镌刻着元大都遗址的历史。开园的时候，公园举办菊花展，整个公园很漂亮。春天，满园的海棠花盛开，也很迷人。

　　孩子有个同学叫杨铭，两人成了好朋友，放学之后就喜欢泡在这里。他们曾经在这里找到一种紫色的植物，长叶细茎，还有胡须一样的根，抱回家，栽在花盆里。不知道它叫什么名字，他们给它取名为紫罗兰，希望它能开出花来。但到最后它也没开花。

那时候，从这里进公园，在下坡处的一片空地上，栽有好几株合欢。合欢盛开的夏天，我曾经指着开满一片绯红云彩的合欢树，对孩子说：这树的叶子像含羞草，到了晚上就闭合，第二天白天自己又会张开。孩子眨眨眼睛，不信，晚上一个人从家里悄悄跑来，看到满树那两片穗状的叶子果真闭合了，异常兴奋，像发现了新大陆。第二天，叫上杨铭，一起跑到这里看。

家附近有座街心公园，对于一个小孩子成长所起的作用，是意想不到的，特别是对独生子女。土城公园，不仅成为陪伴他玩耍的伙伴，也成为伴随他长大的一位长者或老师。甚至像童话里的魔术师，可以点石成金，瞬间怒放出他正渴望的满天星斗。

孩子初三时，写过这样一则日记——

　　小时候，我家楼后是元大都遗址，虽也算是文化古迹，其实没什么可以游览的，只有一座不高的山坡和树木。但那里昆虫特别多，也就成了我的乐园。童年像梦一样，我的童年是在这大自然中和小动物和昆虫一起度过的。夏天，是我最快乐的时候。昆虫在这时候特别多。

　　雨前捉蜻蜓、午后粘知了、趴在草丛里逮蚂蚱、找来桑叶喂蚕宝宝……最有趣要算是捉瓢虫了。我钻进铁栏杆，就来到元大都遗址的后山，树荫下是一片小草，草尖是青的，草根是绿的，草中夹杂着蒲公英，黄色的小花像随意撒了几点黄。远远的，就能看见在那绿和黄中间零星的几点红，走近了，这就是瓢虫，像玩魔术一样和我捉迷藏。蹲下身，睁开眼，啊，就在身边的花上、草上呢！瓢虫的壳大多是红色的，但壳上星的多少却不同，有一星、二星、七星、二十八星的，星数决定了它们的种类。小时候，富于正义感，这片草地就是我伸张正义的舞台。小心地把瓢虫从草叶上和花中挑出来，仔细地数它们背上的星。小孩的心总是更善良，生怕害了好人，如果是二十八星的，我就就地处决，攥起小拳头狠狠地说："让你吃小草！"心里轻松极了，像做了一件大好事，大快我心。有一次错害了七星的，心里真是难过了好几日，发誓下次要再认真数星星。如果是七星的，我就一只只捉来，攒到一大把，张开手向天空一扔，就像放了星星，放飞了一颗颗红色太阳。天便红了，脸也红了，我便醉了，醉在漫天飞舞的瓢虫之中了……

虽然早就搬家，离这里很远了，偶尔我还是会到这里来看看。就在这个朝南的小门对面，前几年，新开了一家山西面馆。每一次来，在面馆里先吃碗刀削面，再进公园从容地逛一圈。可惜，这次来，这个门关了，站在铁栏外往里面看。下坡处那一片空地上，合欢树一棵也没有了，孩子童年最喜爱的七星瓢虫，不知还能不能找到。

93　石榴庄

如今的石榴庄变成了宽马路，路旁高楼林立，还开辟了一个榴彩公园。四十七年前，我在一所中学里教书，离石榴庄很近。每天上班骑车，只要骑到石榴庄，就会喘口气，因为学校就要到了。

据说，当年石榴属于舶来品、稀罕物，是贡品，因为皇上爱吃这一口。这里曾经是专门给皇家种石榴的石榴园，五月石榴花红似火的时候，这里的风光不错。可我教书那时，石榴庄已经见不到一棵石榴树了，它属于城乡接合部，四周大多是低矮的平房。我教的学生有不少住在这里，家访时，走进学生家里，发现有的房子是临时搭建的，除了门，连窗户都没有，黑洞洞的，像地窖子。让我难以相信，北京居然还有这样的房子。

那一年刚刚入夏，天就拼命下雨，而且很奇怪，总是每天早晨下，中午停。每天上午第一节课前，就见老师们陆续进了办公室，大多都被雨淋湿了，个个狼狈得很。印象最深的是有一天，一位教化学的女老师骑自行车来晚了。她第一节有课，刚进办公室，就听她抱怨：这雨也太大了，把我裤衩都湿透了！大家知道她在为迟到开脱，开脱就开脱吧，犯不上说自己的裤衩，这多少让人有点儿不好意思。

没有想到，第二天，就轮到我不好意思了。出门没多远，我的自行车的车锁锁条突然奔拉了下来，挡住了车条，骑不动了。雨下得实在太大，我拖着车，好不容易找到个自行车修理铺，请修车师傅帮我修好车锁。我骑到学校，小半节课都过去了，学生看见的是淋成落汤鸡一样的我出现在教室门口。

下午放学，骑上车没多远，车锁的锁条"当啷"一声，又奔拉了下来，又没法骑了。先去修车吧。修车棚铺离学校不远，就在石榴庄。修车的家伙什都放在屋子窗外的一个工作台上，屋里就是家。修车的是个二十多岁的胖乎乎的姑娘，比我教的学生大不了几岁，长得不大好看，一脸粉刺格外突出。我心想，这姑娘肯定是接她爸爸的班，估计是学习不怎么样，不得已才来修车。

不过，人不可貌相，小姑娘修车很认真仔细。她拉开工作台上满是油腻和铁沫的抽屉，一边找弹子，一边换车锁里的坏弹子，却怎么也找不到合适的。她有些抱怨地对我说：谁给您修的锁？拿个破弹子穷对付，全给弄坏了，真够修的！话说得跟老师傅数落徒弟似的。她很有耐心地从抽屉里不停地找弹子，找到合适的，对准锁孔，把弹子装进去，不合适，再把弹子倒出来，像往枪膛里一遍遍装子弹，又一遍遍退出来，不厌其烦，也不亦乐乎。工作台上，一粒粒小小的银色弹子，头挨着头摆成一排，在夕阳下闪闪发光。

开始，我心里想，这姑娘如果上学的时候有这份专心，就不至于来修车了。后来，我为自己冒出来的这多少有些偏激甚至恶毒的想法而惭愧，因为她实在是太认真了，出了一脑门的汗。为了这个倒霉的锁，耽误了她这么长的时间，又挣不了几个钱。

其实，她完全可以对我说这个锁坏了，修不了啦，换一个新的吧。她的工作台旁，就放着各种样子的新锁，换新锁还可以多挣点儿钱。我开始有点儿替她感到委屈，有些不落忍地这样替她想。可她却依然和这个破锁较劲，好像那里有好多乐趣，或者非要攻占什么重要的山头，不把红旗插上去誓不罢休。而且，她还像个小大人似的，用安慰的口吻对我说：您别急，一会儿就好了！省得您过不了几天又去修，受二茬子罪！

我站在那儿看她修，看得久了，无所事事，就四下里闲看。忽然看见她背后的窗台上摆着两盆花。是两盆草本的小花，我走过去细看，花开的颜色挺逗的，每一朵有着大小不一的紫、黄、白三种颜色，好像谁不留神把颜色洒在了花瓣上面，染了上去，被夕阳映照得挺扎眼。我没话找话，便问她：这是你种的？什么花呀？挺好看的！

她告诉我，这叫猫脸花。她又告诉我，这是她爸爸帮助她淘换来的药用的花，把这花瓣揉碎了，泡水洗脸，可以治粉刺。然后，她冲我一笑：说是偏方，也不知道管用不管用！

锁修好了，再也没有坏，一直到这辆车被偷。

现在我知道，她说的猫脸花学名叫三色堇。其实，我中学的时候读过的外国文学作品中，好多地方写到了三色堇。当时觉得这个名字那么洋气，那么有文学味儿，让我对它充满想象，甚至想入非非。

　　前不久，看到巴乌斯托夫斯基不吝修辞地形容它："三色堇好像在开假面舞会。这不是花，而是一些戴着黑色天鹅绒假面具的愉快而又狡黠的茨冈姑娘，是一些穿着色彩缤纷的舞衣的舞女——一会儿穿蓝的，一会儿穿淡紫的，一会儿又穿黄的。"

　　我想起了石榴庄那个满脸长满粉刺的修车姑娘。当初，她告诉我它叫猫脸花。

94 架 松

　　读齐如山的老书《北平怀旧》，里面引清人王渔阳的《池北偶谈》，说广渠门外的架松，即肃王坟，当年曾是文人消夏雅集之地。

　　如今，架松的位置，在潘家园旧货市场北，劲松南，华威社区内。王渔阳说它在广渠门外，是个笼统的说法，其实离广渠门不近，起码有两三公里的距离。它是个老地名，粉碎"四人帮"后建的新社区劲松的名字，便是依托它起的。然后，才有了潘家园社区。华威是后起之秀，名字带有新时代的气息。将架松—劲松—潘家园—华威这几个名字串联在一起，便是这一带百年历史的缩影。

　　二十多年前，我刚搬到华威的时候，出楼门往西，是一片空场。原来规划建一所小学校，后来不建学校了，想改建商品楼，遭到周围居民的反对，便一直空着，荒芜一片。过空场再往西，有几幢矮层的红墙老楼，一眼看见楼体外墙上贴着的楼牌号上写着：架松几号楼——在附近一片楼群中，只有这几幢老楼的楼牌号标明"架松"，猜想应该是这里最早建的楼房之一，继承着原始的地名，带有历史的胎记。当时，不禁眼前一亮，原来这里便是架松。据老人对我讲，前些年，这附近还真的有好几棵老松树呢——那是架松名字由来的历史证据。

　　这几幢老楼，是中国青年艺术剧院和中国儿童艺术剧院的宿舍。那几年，在楼外的理发店里，我碰见过青艺的演员杨青，她是我中央戏剧学院的校友；在街头，我还遇见过儿艺的老演员方掬芬，再见到的时候，她已经坐在轮椅上了。

　　如今，我家楼前的空场，几经周折，没建商品楼，建成了一座花园。文人倒不会来此雅集，但是附近的老百姓却常带着孩子来玩耍。花园西边靠着青艺宿舍楼的地方，有一片走廊，绿荫匝地，很风凉，夏天的时候，人们到这里来乘凉。有不怕热的孩子，在走廊前打羽毛球。

95　潘家园（一）

　　我家街对面是潘家园市场。年三十这一天，这里较往常虽然清静了不少，但依然有市声喧嚣，就连便道上都有人摆摊，不过，卖的大都是过年的窗花、对联，也有一些自己书写的书法作品。到黄昏的时候，这些零星的小摊早都收拾好家伙什回家过年了，只有一个人在寒风中坚持着。

　　这是一个中年人，听口音是河北沧县人。沧县是我的老家，一听就能听出来，便感到有些亲切。我在马路这边就看见了，他穿着一件枣红色的羽绒服，在便道隔离栏杆前，正在弯腰收拾地上摆着的东西。长长的一溜儿便道上，就剩下他一个人，显得格外醒目。从街这边看，他的身后是一座绿色的报刊零售亭，早已经挂上了门板。绿色的亭子、白色的栏杆、街树的枯枝、市场灰色的外墙、颜色艳丽的广告牌，这些静物和他组合在一起，构成了一幅画。如果作为新年画，怪有意思的。

　　我过了马路，只见除了地上还摊着的两幅书法，他的东西已经收拾好了，准备要走。我匆匆瞥了一眼地上的两幅字，一幅隶书，一幅行草，尺幅都不小，没来得及仔细看，只是客气地和他打过招呼，知道他卖的都是自己写的书法作品。问了句：今天的行情可好？他摇摇头说：今儿不行，一幅没卖出去。又问他：这么晚了回沧县过年吗？他说：在北京租有房子，全家今年都在这儿过年了。然后我们彼此拜了个早年，就分手了。寒风中，他的身影显得有些孤独和凄清，怎么都感觉像是巴金《寒夜》里的人物。

办完事，我原路返回，天已经彻底黑了下来。路灯早亮了，倒悬的莲花一般，盛开在寂静的街道旁。路过报刊零售亭的时候，忽然看见门板上贴着两幅书法，在街灯的映照下，白纸黑字，非常打眼。看出来了，是刚才那个中年男人摊在地上的那两幅字，一幅隶书，一幅行草。仔细一看，隶书是四个横写的大字：龙马精神。行草是四句诗：箫鼓追随春社近，衣冠简朴古风存。从今若许闲乘月，莫笑农家腊酒浑。禁不住莞尔一笑，字虽然写得一般，但觉得有点儿意思。两幅字都和春节相关呢，一幅为马年祝福而写，一幅为春天到来而写。后一幅，是放翁诗的改写，改得风趣有神。他有点儿功夫，并非等闲之辈。

这位老兄，一天没有卖出一幅字，索性把这两幅字留了下来，贴在报亭上，留给人观赏，也留给风抚摸，和即将燃放的鞭炮一起欢庆。这是他心情的宣泄，也是他拜年的特殊方式，是个不错的创意。既然清风朗月不用一文钱买，那么，白纸黑字也可以无需一文钱卖，和大自然交融，一起过年迎春，是一种别样的境界呢。到潘家园来卖字画的人，多如过江之鲫，如他这样有创意的人，我还真的没有见过。

只是担心，不知道这两幅字能否熬过大年夜，明天一早，人们出门到各家拜年的时候还能否看得到。走过马路，禁不住回头又望了望，寒风吹过，邮亭上的那两幅字在猎猎地抖动。

96　潘家园（二）

　　潘家园市场周围，开了很多家饭馆。几十年来，它们起起落落，改换门庭的多，坚持下来的少。马记面茶牛肉面馆，是坚持下来的一家，我们都简称它为"老马家"。老马家的早点，在周围卖得最好，其中最好吃的是豆腐脑。豆腐脑，是老北京早点中的看家品种之一。今天的豆腐脑，浇上去的那一层卤，基本都是酱油汤。老马家的豆腐脑的卤是牛肉熬出来的，能吃到牛肉粒。

　　早晨，去老马家，在老马家店门前不远，总能看见一个卖菜的外乡人。每天早上，他都会雷打不动地在那里卖菜。

　　在公交车站旁的便道上，靠着一棵粗大的杨树，摆开一排菜箱。箱子里的菜，红的红，绿的绿，白的白，很鲜亮，让我想起汪曾祺的诗句："来了一船瓜，一船颜色和欲望。"燃起这一箱箱欲望的，大多是附近起早的老头儿老太太。

　　外乡人站在另一头，是统帅这些红红绿绿蔬菜的将领，自我感觉良好。

　　他四十来岁，个头儿不高，说话和气。有人随便扒拉他的菜，他从不言语。装菜的一辆三轮电动车，就放在前面，如果有调皮的孩子上去玩，他也不言语。

有时吃过早点，我路过他的菜摊，顺便买点儿菜，和他聊两句。

我问过他：你跑到街头卖菜，城管不管你吗？

他说：我来得早，城管上班晚，他们来的时候，我早卖完菜回家了。

有时候，买完菜，一掏兜，零钱不够了。他会说：下次再给吧！

有一阵子没见到他，大杨树下没有了他的菜箱，没有了他的三轮电动车，空落落的，像长了一块斑秃。

后来，他回来了，我问他上哪儿去了。他告诉我，回老家一趟，孩子结婚。

他的孩子居然都结婚了。他有这么大年龄吗？都说城里人比乡下人显得年轻，也不一定呢。

老马家和他的菜摊，相互呼应，是潘家园的两景。

97　潘家园（三）

　　潘家园十字路口西，有个修车铺，长年累月在那里，变成了一棵长在那里的街树。

　　修车铺的后面，最早是一片平房，他就在那儿修车。平房拆了，变成了一片高楼，他还在那修车。他和他的修车铺，就在背景的变换之中，一起苍老。

　　有一天，我坐在马路对面的台阶上，画他的小铺——一辆改造的排子车，上面驮着柜子，摆满零零碎碎的各种工具和配件。

　　也画他，他坐在一旁的一把折叠椅上，半闭着眼睛，望着前方，似睡非睡，半醉微醺，满不在乎，闲云野鹤，一副愿者上钩的样子。

　　私家小汽车普及后，自行车少了，修车的人跟着也少了。后来，流行共享单车，那车可劲儿造，坏了就扔，不坏也扔，自有专门的人去收拾，他修车的生意更加锐减。不过，他还坚持在这里，不图挣钱，有个抓挠儿，自己给自己找点儿乐。

　　修车铺小，却五脏俱全，得画一阵子。每次抬起头往他那里看的时候，都觉得他也在抬头看着我，便有些做贼心虚，怕被他发现我在画他，被抓个现行，当场露怯。

画完，拍拍屁股走人之前，又朝他那边瞅了一眼。他还是一样的姿势，眼睛瞅着前方。心想，也许他习惯了这样，根本没工夫搭理我，是我自作多情，以为人家在看我画画呢。

有时候会想，不少老北京人的生活状态，就像他这样子，不饥不寒万事足，有山有水一生闲。潘家园旧货市场里面那些争相竞买假货、一心想挣大钱快钱的人们人头攒动的情景，和他的修车摊，是对应的两极。一动一静，一边是"争渡，争渡，惊起一滩鸥鹭"，一边是"孤舟蓑笠翁，独钓寒江雪"。

98 广安门

小时候，从前门坐5路公共汽车，广安门是终点站。现在，从前门坐5路车出行，终点站不是广安门，而是拐到菜户营，西出广安门老远了。小时候，下了车，出广安门，就是一片田地了。广安门，是城乡之间一道醒目的分界线。

广安门和广渠门东西遥遥相对，是外城的门户。但是，广安门要比广渠门气派，是仿照中轴线南端的永定门的规格建的，重檐歇山式，绿色琉璃瓦顶，不仅高，还有瓮城。因为它是金都中城的所在地，明清两代，又是外省人进出北京的唯一城门。我的生母于1952年病逝，就埋葬在广安门外的田野里。每年清明，父亲要带着我和弟弟给生母上坟。那时，广安门的城楼还在，1956年才被拆除。父亲管它叫彰义门，显得有些老北京人的意思，就好像有老人总管广渠门叫沙窝门一样，然后，带有几分鄙夷的口气说，现在的年轻人，只知道沙窝萝卜了。

那时，出了广安门，就没有公共汽车了。父亲领着我和弟弟要走很久，走到田边，沿着田间的小路，再往前走老远，才能走到母亲的坟前。留给我印象最深的，是刚到地方，就看见父亲从衣袋里掏出两页纸，扑通一下跪在了坟前。父亲突然矮下半截的这个举动，把我吓了一跳。然后，对着母亲的坟头，父亲把纸上写的密密麻麻的字磨磨叨叨地念上老半天，听不清念的什么，只见他一边念一边已经是泪水纵横了。念完了这两页纸后，父亲掏出火柴盒，点着一支火柴，点燃这两页纸，很快，纸就变成了一股黑烟，在母亲的坟前缭绕，最后在母亲的坟前落下一团白灰，像父亲一样匍匐在墓碑前。

坟地旁不远有一条小溪，小溪里，有很多摇着小尾巴的蝌蚪。那时候，我实在太不懂事了，只盼望着父亲赶快把那两页纸念完，把纸烧完，我和弟弟就可以去小溪边捉蝌蚪了。

1963年秋天，我读高一，到农村劳动，去的地方在广安门外。不知道是不是就在母亲坟地附近，也可能比那里更远。劳动没几天，我突然腹泻不止，吓坏了老师，立刻派人送我回家。派谁呢？天已经渐渐黑了下来，出了村，四周是一片荒郊野地，听说还有狼。老朱说：我去送吧！老朱是我的同班同学，大家都叫他老朱，是因为他留着两撇挺浓挺黑的小胡子，显得比我们要大，要成熟。他是我们班的团支部书记，主持开支部大会，颇有学生干部的样子，很是老成持重。

老朱赶来一辆毛驴车，扶我坐在上面，扬鞭赶车出了村。那是他生平第一次赶毛驴车，十几里乡村土路，就在他的鞭下，在毛驴车的轮下颠簸着飞速退去。幸亏那头小毛驴还算听话，路显得好走许多。天说黑一下子就黑了下来，四周没有一盏灯，只有星星在天上一闪一闪，一弯如钩的奶黄色月亮，没有在天文馆里见到的那样迷人。真觉得有些害怕，尤其怕突然会从哪儿蹿出条狼。

一路上，我的肚子疼得很，不时要跳下车来跑到路边蹲稀，没有一点气力说话。老朱赶着车往前走，也不说话，我知道他和我一样，也有些怕。一路前不着村后不着店的，我们像被罩在一个黑洞洞的大锅底下，再怎么给自己壮胆，也觉得瘆得慌。终于看见隐隐约约有灯火闪烁的时候，我们俩才舒了一口气。前面是浑黄的路灯，我们知道，终于到了广安门了。找到5路公共汽车站，老朱把我送上公共汽车，向我挥挥手，赶着他的小毛驴车往回走。那时候，毛驴车和大汽车就是这样和平共处。

我不知道老朱独自一人赶着那辆小毛驴车是怎样回村的。可以想象，荒郊野外，秋风瑟瑟，夜路蜿蜒，夜雾弥漫，不是那么容易走的。

1974年的春天，我从北大荒调回北京，在一所中学当老师。学校在郊区，坐公共汽车要倒车，还要兜一个圈子，上班不方便，还费时间。姐夫有一辆自行车，小时候去内蒙看姐姐时，他骑着这辆车驮着我满城转。大点儿以后，我会骑车了，骑过这辆车玩。记得很清楚，这是一辆海燕牌，二八型，比飞鸽牌的要轻巧。

姐夫来信告诉我：自行车给你火车托运过去了，你注意收一下。我很过意不去，写信对姐夫说：把车给我，您怎么上班呀？那时候，自行车属于三大件之一（另两件是手表和缝纫机），紧缺商品，凭票才能买到。姐夫回信：我上班离家近，走着去就行。你上班远！

自行车托运到了北京，接到货运单一看，要到广安门火车货运站取。还是坐5路公共汽车到广安门下车，出了广安门（那时没有了城门，城外盖起了一片片的房子，有民居，有商店，有饭馆，很热闹，已经看不到农田了），没多远，货运站就在马路的南边。但也找了好大一会儿，它不在路边，沿着一条胡同往南又往西，拐了几道弯才找到。以前来广安门，从来没有注意到这里还有个这么大的货运站。

前两年，一个同学乔迁新居，搬到广安门外，新居就在新建不久的国家话剧院剧场的西边。出了广安门，我都不认识了，一路灯火辉煌，一派都市景象。同学住的新楼四周，更是高楼林立，很多路线的公交车来回穿梭，四通八达。如果是以前，在这里建一个剧院，为看一场戏，人们得出城跑这么远的路，这怎么可能呀！

如今，广安门变化太大了，护城河沿岸，建成滨河带状公园，公园的广场中央，新建一座青铜纪念碑，叫做北京建都纪念阙。上溯历史，燕国灭蓟，便是在这里先建的都城。建这样一座纪念阙，可以让人们在此地发思古之幽情。千年岁月，逝者如斯。

都说沧海桑田，广安门的城楼要是健在，就是位沧桑老人，是最清楚不过的见证人了。

99　植物园

　　说起北京的室内植物园，一般人都会说在香山植物园内。其实，在市内，紧靠新近开放的龙潭湖西湖公园的南边，有一座北京市教学植物园。要不是我的一位中学同学调到那里当园长，我还真不知道闹市中居然有这样一座植物园。为配合小学自然课和中学生物课的学习，二十世纪五十年代，时任北京市市长的彭真批准建了这所植物园，植物园的名字还是彭真题写的。当时，这里是郊外的一片农田。几十年的沧海桑田，变化实在太大。

　　门不大，里面的膛儿却不小。走进去，往左是林木区，往右是草本区，再往里面走，是农作物区。林木区树木繁茂，种类繁多，到这里，会自觉或不自觉地去辨认好多你不认识的树木，就像小孩子识字一样，总会有意外的惊喜。眼前会突然出现一株你从来没有见过的树，被阳光反射得碎金子一般跳跃着的叶子，像童话一样闪烁在前面，甚至会让你觉得，树的后面没准儿藏着七个小矮人或者蓝精灵什么的。

　　草本区，以各种各样争奇斗艳的花为主。它们柔韧无骨，摇曳得随意而洒脱。它们种在泥土里，随着土坡高高低低地长着，和公园里、特别是中山公园中唐花坞里那些剪裁得整整齐齐的花，栽在花盆里单摆浮搁的名贵的花完全不一样。它们更带有田野的气氛，色彩不那么艳丽，花朵不那么硕大，但铺展展的，一片片的，质朴地匍匐在那里。

农作物区的前面，一排木篱笆，一座草门，自然简朴，花径与蓬门交映，篱笆上开满紫色和红色的牵牛花，田园风味浓郁，让人想起杜甫的草堂。进门扑满眼帘的先是葫芦、南瓜满架，再里面会有田埂出现，种着蔬菜麦菽，让人想起叶圣陶老先生年轻时在苏州甪直小学后面打理的那一片叫作生生的农场，任你看"圆荷浮小叶，细麦落轻花"。

再往前走，有几棵巨大的树化石。再过去，就是温室里的室内植物园了，虽然赶不上香山植物园的大，但一样有热带植物，让你领略另一番风光。二环以内，居然有这样一个植物园，还有温室，足以让你感到意外的惊艳了。

100　洋　桥

洋桥，以前是一片农田。为什么叫洋桥？此地南有一个村子叫马家堡，清末西风东渐，北京建起了铁路，最早的火车站就在这里。附近的凉水河上自然也建起了能通火车的水泥桥梁，便把这块地方取名叫洋桥。就像当初把火柴叫做"洋火"一样，这个有点儿维新味儿的地名，带有时代的色彩。

庚子事变，八国联军入侵，慈禧太后逃到西安。后来返回北京，便是从保定乘火车到马家堡车站。

二十世纪六十年代，铁道兵在北京修建地铁后，集体转业留在北京，在这片农田里建立起他们的住所，取名叫地铁宿舍。这里开始了从乡村到城市化进程的最初步伐，如今，这里已经成为三环以里的闹市，四通八达的公交车在这里汇集，设立的公交车站，站名就叫洋桥。洋桥是一个活标本，记录着北京南部一个多世纪的变化。

1975年的夏天，我从前门老屋搬家到洋桥。那时，这里只有一路公交车343路，我住的地铁宿舍前的那条砂石小路旁就是车站。车站对面马路边有两间小平房，是一家小小的副食品商店，卖一些酱油醋等家常日用吃喝之类的东西，同时还兼管每天牛奶的发送。

买牛奶需要事先缴纳一个月的牛奶钱，然后发一个证，每天黄昏到副食品店凭证取奶。母亲那一阵子大病初愈，我订了一袋牛奶，让母亲喝。尽管母亲不爱喝牛奶，嫌有膻气味儿，但在我的坚持下，她还是每天像咽药一样，坚持在喝。喝了一段时间，她脸上红扑扑的，渐渐恢复了生气。

因为每天到那里取奶，我和店里的售货员很熟。店里一共就两位售货员，都是女的，一个岁数大些，一个很年轻。年轻的那一位，刚来不久。她个子不太高，面容清秀，长得纤弱，人很直爽，快言快语。熟了之后，她曾经不好意思地告诉我：没考上大学，家里非催我赶紧找工作，只好到这里上班。

知道我在中学里当老师，她让我帮她找一些高考复习的材料，她想明年接着考。又听说我还写点儿东西在报刊上发表，对我另眼相看，和我说：高中的时候，我要是遇到您当我们的语文老师就好了！我觉得她的嘴巴挺甜，虽然是有意地恭维我，但很受听。

那时候，买麻酱要证，买香油要票；带鱼，只有过春节时才有。打香油的时候，得用一个老式的长把儿小吊勺作为量器，盛满之后，通过漏斗倒进瓶里，手不抖和稍微抖搂一下，动作的快和慢，盛的香油分量大不相同。那时候，每月每家只有二两香油，各家打香油的时候，不错眼珠儿地紧盯着，看得格外仔细，生怕售货员手故意动作慢点儿，又那么一抖搂，自己吃了亏。每一次我去打香油，她都会满满打上来，屏住气，手很稳，动作很麻利。每一次我去买带鱼的时候，她会把早挑好的大个儿的带鱼，从台子底下拿出来给我。我感受到她的一番好意。那是那个时候她最大的能力了。

除了送她一些书和杂志，我无以为报。好在她爱看书，她说她以前是班上的语文课代表。我把看过的杂志和旧书借给她看，或者索性送给她。我很喜欢爱读书的年轻人，便常常在去取牛奶的时候，带一些杂志和看过的书给她，便和她越来越熟。她比我教的学生大不了一两岁，所以，她见到我就叫我肖老师。我知道她姓冯，管她叫小冯同学。

有一次，她看完我借给她的一本契诃夫小说选，还书的时候对我说：以前我们在语文课上学过他的《变色龙》和《万卡》。我问她最喜欢哪一篇，她笑了：这我说不上来，那篇《跳来跳去的女人》，我没看懂，但觉得特别有意思，和以前学的课文不大一样。

母亲管这个副食店叫小铺，这是上一辈人的老叫法。在以往老北京大一些的胡同里，都会有着一个或两个副食店，方便百姓买东西。小铺里的售货员和街里的街坊很熟络，街坊们像我现在称呼小冯同学一样，也是对售货员直呼其名。这是农耕时代的商业特点，小本小利，彼此依赖，互相亲近。我们住的地铁宿舍刚建成不久，这个副食店相跟着就有了。年纪大的那位售货员指着小冯对我说：副食店刚建起来的时候，我就来了，那时候和她年纪差不多，这一晃，十多年过去了。

日子真的不抗混，十多年，在老售货员眼里是弹指一挥间，在年轻的售货员眼里，却显得那么遥远。她曾经悄悄地对我说：您说要我也这样在这里呆上十多年，可怎么个熬法儿？她不喜欢呆在这么个小铺里卖一辈子香油、麻酱和带鱼，她告诉我想复读，明年重新参加高考。

那一年，中断了整整十年的高考刚刚恢复。因为母亲生病，我没有参加这次高考，她参加了，却没有考上。第二年，也就是1978年的夏天，我和她相互鼓励着，同时到木樨园中学参加高考。记得考试的第一天，木樨园中学门口的人乌泱乌泱的，黑压压拥挤成一团。我去得很早，她比我去得还早，站在一棵大槐树下，远远地冲我挥手。槐花落了一地，清晨的阳光透过密密的树叶，在她身上跳跃着斑斑点点的光。

我走了过去，看得出来，她很兴奋，也很紧张。结果，我考上了，她没考上，差的分很多，比前一年还多。这是她第二次参加高考。从此以后，她不再提高考的事了，老老实实在副食店里上班。

我读大学的四年里，把病刚好的母亲送到姐姐家，自己住学院的宿舍，很少回家，和她见面少了，几乎断了音讯。

六年过后，我搬家离开了地铁宿舍。那时候正是文学复兴的时期，各地兴办的文学杂志风起云涌，这样的杂志，我家有很多，一期期积累着，舍不得扔。搬家之前收拾东西，才发现这些旧杂志拥挤在床铺底下满满堂堂。便想起了这位小冯同学，她爱看书，把这些杂志送给她多好。

　　捆好一摞杂志，心里想，都有六年没见她了，她会不会调走不在那儿了？抱着试一试的想法，我到副食店去找她。她还在，正坐在柜台里，看见我进来，忙站起来走了出来，笑吟吟地叫我：肖老师，您可是有日子没来了！

　　我这才注意到，她挺着个大肚子，小山包一样，起码有七八个月了。我惊讶地问道：这么快，你都结婚了？

　　她笑着说：还快呢？我二十五岁都过了小半年，我们同学有的都早有孩子了呢！

　　日子过得还不够快吗？我大学毕业都两年多了，一天天过去的日子，磨炼着人，也改造着人，就像罗大佑歌里唱的那样：流水它带走光阴的故事，改变了一个人。

　　我把杂志给了她，说：家里还有好多，本来想你要是还想要的话，让你跟我回家去拿。看你这样子，还是我给你再送过来吧！

　　她摆摆手：谢谢您了。不用了，您不知道，自打结婚以后，天天忙得脚后跟打后脑勺，哪还顾得上看书啊！前两年，听说您出了第一本书，我还专门跑到书店里买了一本，不瞒您说，到现在还没看完呢！说罢，她咯咯地笑了起来。

　　那天，她知道我要搬家，挺着大肚子，特意送我走出副食品店。正是四月开春的季节，路旁边那一排钻天杨的枝头露出了鹅黄色的小叶子，迎风摇曳，格外明亮打眼。到这里住了小九年，我还是第一次看见路旁边这一排钻天杨，春天长出的小叶子这么清新，这么好看。

她见我看树，挺着肚子，伸出手臂，比划着高矮，对我说：我刚到副食店上班的时候，它们才这么高。我一蹦就能够着叶子，现在它们都长这么高了。

从那以后，我再没有见过小冯同学。

前些日子，我参加一个会议，到一座新建没几年的宾馆报到。新的宾馆，特别是大堂，设计和装潢都比老宾馆显得更现代堂皇。宽阔的大厅，从天而降的瀑布一般的吊灯，晶光闪烁。一位身穿藏蓝色职业西式裙装的女士，大老远挥着手臂，径直向我走来。她一直走到我的面前，伸出手来笑吟吟地问我：您是肖老师吧？我点点头，握了握她的手。她又问我：您还认得出我来吗？起初，我真的没有认出她，以为她是会议负责接待的人。她接着笑着说：我就知道您认不出我来了，我是小冯呀！看我盯着她发愣，她补充道：地铁宿舍那个副食店的小冯，您忘了吗？

我忽然想起来了。但是，真的不敢认了，她似乎比以前显得更漂亮了，个子高了许多，也显得比实际年龄要年轻许多。那一刻的犹豫之间，她已经伸开双臂，紧紧地拥抱了我。

我对她说了第一眼见到她的感受，她咯咯笑了起来，说：还年轻呢？明年就整六十了。个子还能长高？您看看，我穿着多高的高跟鞋呢！

她还是那么直爽，言谈笑语的眉眼之间，恢复了以前的样子，仿佛岁月倒流，昔日重现。

　　她一直陪着我报了到，领取了会议文件和房间钥匙，又陪着我乘电梯上楼，找到住的房间。我一直都认为她是会议的接待者，正想问问她是什么时候离开副食店的。她的手机响了。她接电话的时候，我听出来了，她不是会议的接待者，而是这家宾馆的副总。电话的那边在催她去开会。我忙对她说：快去忙你的吧！

　　她不好意思地说：您看，我是专门等您的。我在会议的名单上看到您的名字，就一直等着这一天呢！我和您又二十多年没有见了。今晚，我得请您吃饭！实话告诉您，你们会议上的自助餐不好吃。我已经定好了房间，请我们宾馆最好的厨师，为您做几道拿手的好菜！您可一定等着我呀！

　　晚餐确实非常丰盛又美味。晚餐中，我知道，生完孩子没多久，她就辞掉副食店的工作，在家带孩子。把孩子带到上幼儿园后，她不甘心总这么憋在家里，用她自己的话说，"还不把我囚成甜面酱里的大尾巴蛆"。她便和丈夫一起下海折腾，折腾得一溜儿够，赔了钱，也赚了钱，最后和几个人合伙投资承包了这个新建没几年的宾馆，她当这个宾馆的副总，忙里忙外，统管这里的一切。

　　听完她的讲述，我很佩服她的勇气。她说：您忘了您借给我那本契诃夫小说了吗？我像不像那个跳来跳去的女人？说完，她咯咯地笑了起来。

　　我也笑了。很多往事，借助书本迅速复活。跳来跳去，可不是在水磨石的花砖上跳舞一样地跳来跳去，在生活尤其在商海中跳来跳去，是可能会跌跤的，需要有能蹦能跳的勇气和活力。一个女人，如果在她年轻的时候没有了这种勇气和活力，到后来只能当一个黄脸婆。这是那天晚上她对我说过的话。

那天晚上分手的时候，我问她：地铁宿舍前的那个小小的副食店，现在还在吗？

她笑着对我说：一看您就是好长时间没有到那边去过了。什么时候，我陪您回去看看，怀怀旧？

她告诉我，那一片地铁宿舍，二十年前就都已经拆平，盖起了高楼大厦，副食店早就淹没在那一片楼群里了。不过，副食店前路旁那一排钻天杨，到是没有被砍掉，做规划的时候，那里还是一条马路，比原来宽了许多，路边的那一排钻天杨，那时候就长得老高老高了。大概是因为长得这么高，又这么齐整，没有舍得砍掉吧，现在都长得有三四层楼高了，已经成了那一片的一个景儿了呢！

钻天杨，她居然还记得那一排钻天杨。

洋桥的钻天杨！

2021年4月底到2021年10月底写毕于北京